部屋の奥ではシルエットさんが自らお茶の用意をしてくれていた。
「できれば『調停者』と呼ばれる貴方に争いを止めてほしいの」
異世界はスマートフォンとともに。20

ヒロインズ。
敵地に潜入！

ゴザに座る世界神様の隣におばあさんも座る。
並んで座ると老夫婦のように見えるな。
「この者が結界の修復を担当する。
上級神の時空神じゃ」
「よろしくね。冬夜君。
一応あなたの祖母という位置付けになるけれど」

異世界はスマートフォンとともに。20

冬原パトラ　illustration■兎塚エイジ

異世界はスマートフォンとともに。

世界地図

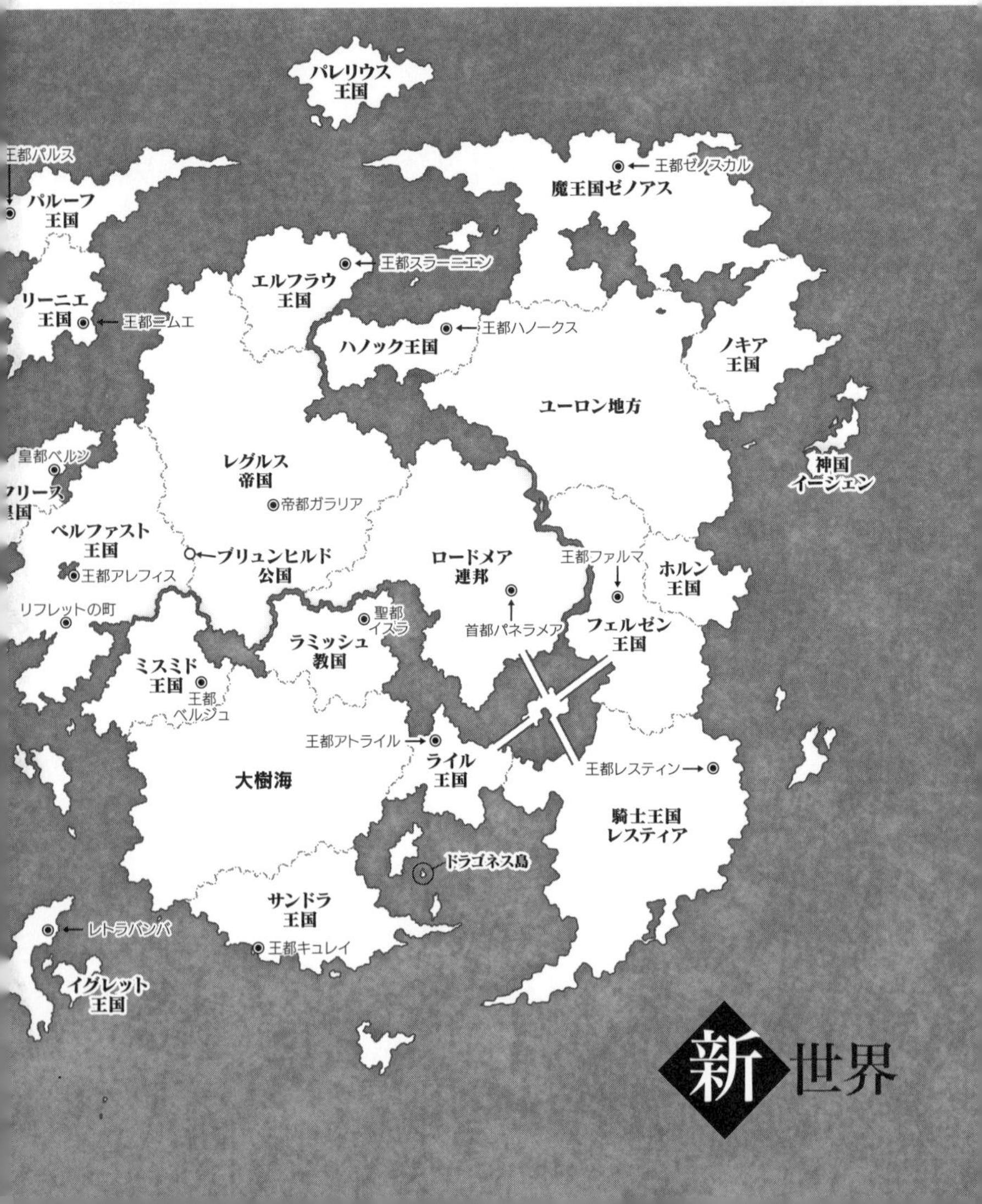

パレリウス
王国
王都パルス
パルーフ
王国
王都ゼノスカル
魔王国ゼノアス
王都スラーニエン
エルフラウ
王国
リーニエ
王国
王都ミムエ
王都ハノークス
ハノック王国
ノキア
王国
ユーロン地方
神国
イーシェン
皇都ベルン
レグルス
帝国
帝都ガラリア
ベルファスト
王国
ブリュンヒルド
公国
ロードメア
連邦
王都ファルマ
ホルン
王国
王都アレフィス
リフレットの町
聖都
イスラ
首都パネラメア
フェルゼン
王国
ラミッシュ
教国
ミスミド
王国
王都
ベルジュ
王都アトライル
ライル
王国
王都レスティン
大樹海
騎士王国
レスティア
ドラゴネス島
サンドラ
王国
レトラパンパ
王都キュレイ
イグレット
王国
新世界

前巻までのあらすじ。

神様特製のスマートフォンを持ち、異世界へとやってきた少年・望月冬夜。二つの世界を巻き込み、繰り広げられた邪神との戦いは終りを告げた。彼はその功績を世界神に認められ、一つとなった両世界の管理者として生きることになった。一見平和が訪れた世界。だが、騒動の種は尽きることなく、世界の管理者となった彼をさらに巻き込んでいく……。

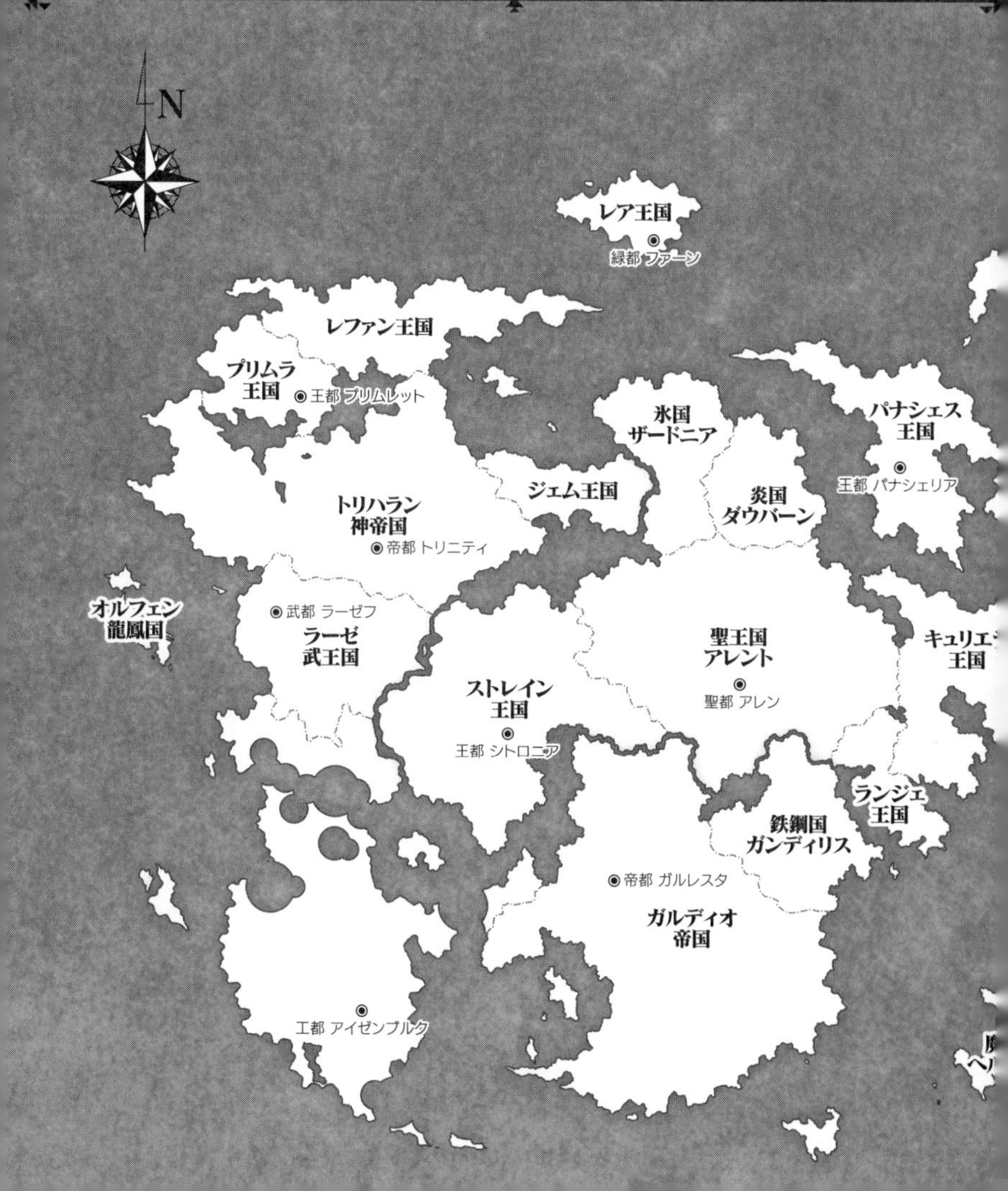

キャラクター紹介

望月《もちづき》冬夜《とうや》

神様のミスで異世界へ行くことになった高校一年生（登場時）。基本的にはあまり騒がず、流れに身を任すタイプ。無意識に空気を読まず、さらりとひどい事をする。無尽蔵の魔力、全属性持ち、無属性魔法を使い放題と、神様効果でいろいろ規格外。ブリュンヒルド公国国王。

ユミナ・エルネア・ベルファスト

ベルファスト王国王女。12歳（登場時）。右が碧、左が翠のオッドアイ。人の本質を見抜く魔眼持ち。風、土、闇の三属性を持つ。弓矢が得意。冬夜に一目惚れし、強引に押しかけてきた。冬夜のお嫁さん予定。

エルゼ・シルエスカ

冬夜が助けた双子姉妹の姉。両手にガントレットを装備し、拳で戦う武闘士。ストレートな性格でサバサバしている。身体強化の無属性魔法【ブースト】が使える。辛いもの好き。冬夜のお嫁さん予定。

リンゼ・シルエスカ

双子姉妹の妹。火、水、光の三属性持ちの魔法使い。光属性はあまり得意ではない。どちらかというと人見知りで、おしゃべりが苦手。しかし時には大胆。甘いもの好き。冬夜のお嫁さん予定。

九重《ここのえ》八重《やえ》

日本に似た遠い東の国、イーシェンから来た侍娘。ござる言葉を使い、人一倍よく食べる。真面目な性格なのだが、どこかズレているところも。実家は剣術道場で流派は九重真鳴流《ここのえしんめいりゅう》という。隠れ巨乳。冬夜のお嫁さん予定。

ルーシア・レア・レグルス

愛称はルー。レグルス帝国第三皇女。ユミナと同じ年齢。帝国反乱事件の時に冬夜に助けられて一目惚れする。双剣の使い手。ユミナと仲が良い。料理の才能がある。冬夜のお嫁さん予定。

スゥシィ・エルネア・オルトリンデ

愛称はスゥ。10歳（登場時）。刺客に襲われているところを冬夜たちに助けられる。ベルファスト国王の姪。ユミナの従姉妹（いとこ）。天真爛漫で好奇心が旺盛。冬夜のお嫁さん予定。

ヒルデガルド・ミナス・レスティア

愛称はヒルダ。レスティア騎士王国の第一王女。剣技に長け、「姫騎士」と呼ばれる。フレイズに襲われていたところを冬夜に助けられ、一目惚れする。テンパるとかなりどもるくせがある。八重と仲が良い。冬夜のお嫁さん予定。

リーン

元・妖精族の長。現在はブリュンヒルドの宮廷魔術師（暫定）。見た目は幼いが長い年月を生きている。自称６１２歳。魔法の天才。人をからかうのが好き。闇属性魔法以外の六属性持ち。冬夜のお嫁さん予定。

桜《さくら》

冬夜がイーシェンで拾った少女。記憶を失っていたが取り戻した。本名はファルネーゼ・フォルネウス。魔王国ゼノアスの魔王の娘。頭に自由に出せる角が生えている。あまり感情を出さないが、歌が上手く、音楽が大好き。冬夜のお嫁さん予定。

ポーラ

リーンが【プログラム】で作り上げた、生きているかのように動くクマのぬいぐるみ。２００年もの間改良を重ね、動き続けている。その動きはかなりの演技派俳優並。ポーラ……恐ろしい子！

冬夜の召喚獣・その一。白帝と呼ばれる西方と大道の守護者にして獣の王。神獣。普段は虎の子供のサイズで目立たないようにしている。

冬夜の召喚獣・その二。二匹でワンセット。玄帝と呼ばれる神獣。鱗の王。水を操ることができる。珊瑚が亀、黒曜が蛇。

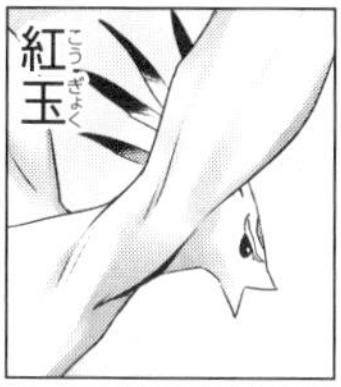

冬夜の召喚獣・その三。炎帝と呼ばれる神獣。鳥の王。落ち着いた性格だが、その外見は派手。炎を操る。

冬夜の召喚獣・その四。蒼帝と呼ばれる神獣。青き竜の王。皮肉屋で琥珀と仲が悪い。全ての竜を従える。

正体は恋愛神。冬夜の姉を名乗る。天界から逃げた従属神を捕獲するという大義名分の名のもとに、ブリュンヒルドに居座った。語尾に「〜なのよ」とつく。けっこうぐうたら。

正体は剣神。冬夜の二番目の姉を名乗る。ブリュンヒルド騎士団の剣術顧問に就任。凛々しい性格だが少々天然。剣を持たせたら敵うもの無し。

バビロンの遺産、『庭園』の管理人。愛称はシェスカ。メイド服を着用。機体ナンバー23。口を開けばエロジョーク。

バビロンの遺産、『工房』の管理人。愛称はロゼッタ。作業着を着用。機体ナンバー27。バビロン開発請負人。

バビロンの遺産、『錬金棟』の管理人。愛称はフローラ。ナース服を着用。機体ナンバー21。爆乳ナース。

バビロンの遺産、『格納庫』の管理人。愛称はモニカ。迷彩服を着用。機体ナンバー28。口の悪いちびっ子。

バビロンの遺産、『城壁』の管理人。愛称はリオラ。ブレザーを着用。機体ナンバー20。バビロンナンバーズで一番年上。バビロン博士の夜の相手も務めていた。男性は未経験。

バビロンの遺産、『塔』の管理人。愛称はノエル。ジャージを着用。機体ナンバー25。とにかく寝てる。食べては寝る。基本的にものぐさで面倒くさがり。

バビロンの遺産、『図書館』の管理人。愛称はファム。セーラー服を着用。機体ナンバー24。活字中毒者。読書の邪魔をされるのを嫌う。

バビロンの遺産、『蔵』の管理人。愛称はパルシェ。巫女装束を着用。機体ナンバー26。ドジっ娘。しかもその自覚がない。うっかり系のミスが多い。よく転ぶ。

バビロンの遺産、『研究所』の管理人。愛称はティカ。白衣を着用。機体ナンバー22。バビロン博士及び、ナンバーズのメンテナンスを担当。激しく幼女趣味。

古代の天才博士にして変態。空中要塞『バビロン』や様々なアーティファクトを生み出した。全属性持ち。機体ナンバー29の身体に脳移植をして、五千年の時を経て甦った。

口絵・本文イラスト　兎塚エイジ
メカデザイン・イラスト　小笠原智史

第二章　炎の王国と氷の王国

できれば放置しておきたいところだがそうもいかない。

僕《ぼく》は騎士団《きしだん》兵舎にある地下へと向かう階段を下りていた。ここは当初なかった施設《しせつ》で、後から追加した場所だ。螺旋《らせん》階段を下り切ると、通路の正面に分厚い扉《とびら》があり、その横の小部屋には宿直の騎士が二名がいた。

一人は机に向かってなにやら書類を作成していて、もう一人はその後ろで腕立《うでた》て伏《ふ》せをしている。

どこかで見た顔だと思ったら、サバイバル入団試験の時に見かけた亜人《あじん》四人のうちの二人だな。

書類を書いているのがワードッグの青年、腕立て伏せをしているのが獅子《しし》族の女性。確か名前はディンゴとアシュレイだったたか。

「っ、これは陛下！」

「えっ、陛下!?」

「あ、いいからいいから。そのままで」

犬の頭をした青年が立ち上がり、腕立て伏せをしていた獅子の耳を生やした獣人《じゅうじん》の女性が驚《おどろ》いて地面に落ちる。

敬礼を取ろうとするのを止めさせて、隣《となり》の地下牢《ちかろう》の扉を指差してみせた。

「入るけどいいかな」

「はっ！　鍵《かぎ》はここに！」

ディンゴが壁《かべ》にかけられていた大きな鍵を手渡《てわた》してきた。二人に礼を述べて、鍵を使って分厚い鉄扉《てっぴ》を開ける。

扉のその先は地下牢である。通路の左右にアーチ状の形になった奥行《おくゆ》きがあり、その前にはもちろん頑丈《がんじょう》な鉄格子《てつごうし》が嵌《は》められていた。鉄格子の上には刻印魔法《まほう》が施《ほどこ》されており、僕のプリズン並みの結界が張ってあるのだ。

その奥《おく》まった地下牢のひとつに、『彼女《かのじょ》』は横たわっていた。

牢屋《ろうや》の中には石で作られたベッドの上に畳《たたみ》が置かれ、その上に布団《ふとん》が敷《し》いてあった。ベッド横の窪《くぼ》んだ棚《たな》のようなところには蝋燭《ろうそく》代わりの魔光石《まこうせき》が入ったコップが置かれ、注がれた水の中で光を放っている。そしてその横にはたたんだ眼鏡《めがね》。

奥にはカーテンで遮《さえぎ》られたシャワールームとトイレがある。贅沢《ぜいたく》な牢屋だよな。そのぶん、ほとんど脱出《だっしゅつ》は不可能だけど。魔法防御壁《まほうぼうぎょへき》が張《は》り巡《めぐ》らされてるんで、鉄格子を切ったとしても、石壁を掘《ほ》ったとしても逃《に》げられないようになっている。

そして部屋の隅《すみ》には氷柱《つらら》に閉じ込められた紫《むらさき》のゴレムが置いてあった。僕の【エターナルコフィン】は解除しない限り溶《と》けることはない。

「おい、寝《ね》てるのか？」

「ん？　……別に寝てないよぉ……って、その声！　とーやん⁉」

ガバッと毛布をはねのけて、ルナが上半身を起こす。髪《かみ》の毛《け》はぐしゃぐしゃだが、血色は良さそうだ。

「数日ぶち込んだ割には元気だな」

「ぶう。こんなところに私を閉じ込めて、とーやんは意地悪だねっ！」

「こんなところっていうけど、ちゃんと三食出してるし、きちんとしたシャワー、トイレ付きの牢屋なんてちょっとないぞ？」

トイレが壺《つぼ》とか嫌《いや》だろ。それに比べたら贅沢な牢屋暮らしを満喫《まんきつ》してたんじゃないのかね。その代わり自由はないが。

まあいい。とにかく本題に入ろう。

「さて、お前には王城襲撃《しゅうげき》と王族に対しての暗殺未遂《みすい》があるわけだが……」

「襲撃はしたけど、王族って……ああ、とーやんを殺そうとしたってこと？」

キョトンとしながらも棚の上にあった眼鏡をかけるルナ。

「僕だけじゃなく、諸刃《もろは》姉さんとか狩奈《かりな》姉さんとかな。一応僕の親類ってことで王族と……」

「それっ！　あのメチャメチャ強いお姉様たち、とーやんのお姉ちゃん!?」

跳《は》ね起《お》きたルナが、ガシャンッ！　と鉄格子を掴《つか》んで僕に迫《せま》ってきたので、思わず一歩退いてしまった。

「か、片方はな。もう一人は従姉弟《いとこ》の姉さんだよ」

「すごいよねえ！　全く攻撃《こうげき》が当たらなかったし、ヴィオラもあっという間にやられちゃった！　あのお姉様たちなら簡単に私を殺してくれそう！」

キラキラした目をしながら、指を組んで身体をくねらせるルナ。呼吸が荒《あら》い。変態か。ああ、変態だった。

「……前から聞きたかったんだが、お前は死にたいのか？」

「そうだねー。死ねるなら死にたいかなー。よくわかんない。昔はあんなに死にたくなかったのに変だよねぇ。私はね、前にニアちんに言われたけど、ヴィオラの力を使えば使うほど壊《こわ》れていくんだって。そしたらヴィオラが私を殺してくれるんだってさ」

こいつ……自分が精神を蝕《むしば》まれていることを理解していたのか？

その上でこいつはあんな滅《め》茶《ちゃ》苦《く》茶《ちゃ》なことをして、ヴィオラの呪縛《じゅばく》に精神を蝕まれながらも、いつかヴィオラに殺されることを望んでいた、と？

「だいたいとーやんが悪いんだよ。とーやんなら私を殺せると思ったのに、とんだヘタレで。このフニャチン野郎《やろう》が」

「いわれのない中傷はやめて下さい」

「死ぬ時ってさ、すごく怖《こわ》いよね。私の場合、それが何回も何回もあったの。そのたびに頭の中からいろんなものが抜《ぬ》けていって、いつの間にか怖いのより気持ちいい方が上になっちゃった。切ったり切られたり、刺《さ》したり刺し返されたり。痛いのが気持ちいいんだぁ。『あ、私、生きてる』って思えるの」

傷付くことでしか生きてる実感を得られない。しかもそのたびに精神が崩壊《ほうかい》していき、死に近づいていく。

まったく救いがない。『王冠《おうかん》』を生み出したクロム・ランシェスは、マスターによる『代償《だいしょう》』をもって、ゴレムに比類なき力を与《あた》えた。

それはある意味、悪魔《あくま》との契約《けいやく》だ。力を得るために大切ななにかを奪《うば》われる。ルナの場合、それは生命の代償とも言えるのだろうが、身体が生き続けても精神が死ぬのでは意味がない。

しかも自動的な能力ときている。ルナが王冠の能力を使いたくないと思っても、ルナが傷付き肉体が損傷されれば、ヴィオラの王冠能力は彼女を再生し、その代償を容赦《ようしゃ》なく奪っていく。マスターに使用権限がないのだ。こんなもの詐欺《さぎ》に近い。

「だからね、とーやんが殺してくれるなら嬉《うれ》しいかな。あ、でもでも、あのお姉様ともっかい殺《や》りあいたいかな？　うーん、悩《なや》むなあ」

「僕は遠慮《えんりょ》する。今のところお前を殺す気はない」

バステトたちから聞いたが、一応聖樹《せいじゅ》を守ってくれたみたいだしな。だからといって罪をなかったことにはできないが。それなりの罰《ばつ》は受けてもらう。

「えー？　ここまできて？　これだから童て、」

「お前ちょっと黙《だま》れ」

こいつはデリカシーってもんを知らない！

実はこいつの『代償』……正確には『王冠』における『代償』システムをなんとかする方法はエルカ技師からいくつか聞いている。

通常であればゴレムの破壊《はかい》、というところだが、ヴィオラは『超再生《ちょうさいせい》』を持つゴレムだ。それは難しい。僕の神力を使えば不可能ではないかもしれないが……。

「お前、僕がヴィオラを完全に消滅《しょうめつ》させてやるっていったら受け入れるか？　そうすればもうお前はおかしくならないで済むぞ？」

「ヴィオラを？　……うーん、ちょっと嫌かな。ヴィオラはね、悪い子じゃないんだよ。私には優《やさ》しいし。お腹《なか》へったときはどこからか食べ物を持ってきてくれたし、眠《ねむ》たいときはおんぶしてくれたりさ。ヴィオラだって、あんな風に生まれたかったわけじゃないと思うの。悪いのはみんなヴィオラをあんな風に造ったヤツなんだよ」

安心しろ。そいつは五千年前の世界で、白の王冠・アルブスの暴走によって、『代償』として長年培《つちか》った記憶《きおく》を全《すべ》て奪われてる。今さらだけど報《むく》いを受けたのかとも思えるね。

ヴィオラを破壊するのがダメなら別の手か。

僕は神力を使った【テレポート】で地下牢内へと転移する。本来なら転移魔法も弾《はじ》く防《ぼう》御壁《ぎょへき》だが、僕には通じない。いろいろと規格外になったもんだ。ま、それは前からか。

「うえっ⁉」

突然牢屋《とつぜんろうや》内に現れた僕に驚いているルナを無視して、隅にあるヴィオラの閉じ込められた氷柱に近づく。

【エターナルコフィン】を半分ほど解除すると、みるみるうちに氷が溶け出し、肩《かた》から上だけが露出《ろしゅつ》したヴィオラが現れた。

『ギ』

ヴィオラは氷の中から脱出しようとしているが、手足が動かなければどうしようもないだろう。

「ヴィオラ。お前さんから『王冠』を奪わせてもらう。悪く思うなよ？　お前の力は不幸を生み出す力らしいんでな」

ヴィオラの頭を掴み、【アナライズ】で分析《ぶんせき》する。詳《くわ》しい仕組みはわからないが、力の流れというものは僕にもわかる。ルナに繋《つな》がる魔力《まりょく》経路パスもな。この力はヴィオラそのものといってもいいので消すことはできない。で、あるならば。

「【クラッキング】」

無属性改訂魔法《かいていまほう》【クラッキング】。元々はアーティファクトの効果を改訂《かいてい》してしまう魔法だ。

といっても火の玉が出る魔法の杖《つえ》を、雷《かみなり》が出るように変化させるなんてのはできないのだが。しかし、火の玉を『小さく』したり、または『出ない』ようにすることなら簡単にできる。

僕はヴィオラの王冠能力に干渉《かんしょう》し、その能力を凍結《とうけつ》させ、ちょっと違《ちが》うシステムを組み上げただけだ。

「これでもうヴィオラは『王冠』じゃなくなった。ただの性能が高いゴレムだ」

「うそ……」

「嘘《うそ》なもんか。ほれ、これで刺してみな」

【ストレージ】から一本の針を取り出してルナに手渡す。震《ふる》える手でその針を掴んだルナはおもむろに眼鏡を外し、その針先を眼球へと――――。

「だーっ！　危なっ!?　どこに刺そうとしてんだ、この馬鹿《ばか》！」

「え？　眼だけど？」

「指にしろ！」

おっそろしい。怖いので針を取り返し、僕がその白い指先に少しだけ刺した。すぐにルナの指先に赤い玉のような血が浮《う》かび上《あ》がる。指で拭《ふ》き取《と》っても、力を入れると再び血が滲《にじ》み出《だ》す。傷は治ってはいない。

「治らない……。本当に？」

「『治せ』ってヴィオラに頼《たの》んでみろ。それで治る」

「え？　えと、ヴィオラ、これ治せる？」

『ギ』

ヴィオラから魔力経路パスを伝ってルナへと魔力が流れ込む。王冠能力『超再生』は使えないが、古代機体《レガシィ》のゴレムが元々持つゴレムスキルは使えるのだ。つまり、ランクダウンした単なる『再生』は。

針で刺した小さな傷などあっさりと治ってしまう。

「これ、どういうこと……？」

「ヴィオラはお前の傷を治すことができる、普通《ふつう》のゴレムになったってことだ。さすがに致命傷《ちめいしょう》なんかは治せないけどな」

簡単な傷なら治せるだろうが、即死《そくし》するような傷は治せないと思う。腹に穴を開けられたら、今度こそルナは死ぬだろう。

「そしてお前にも罰は受けてもらう。【闇《やみ》よ縛《しば》れ、この者に罰を与えよ、ギルティカース】」

ルナに対しても無罪放免《ほうめん》というわけにはいかない。その罰を与えるための『呪い《のろ》』をいま彼女にかけた。

「これでお前は痛みによる快楽を得ることはもうできない」

「えっ⁉」

「代わりに……『ルナ、変異種から聖樹を守ってくれてありがとう』」

「っ、ふぅわ⁉　なに⁉　今のなに⁉　ぞくぞくっとした！」

ルナがぶるるっ、と身体を震わし、顔を紅潮させて、自分の身体をかき抱《いだ》く。うーん……これも充分《じゆうぶん》気持ち悪いかもしれんな……。

「お前は他人からの感謝の言葉や気持ちによって快楽を得られる。それがお前の罰だ」

ある意味普通に戻《もど》したとも言えるし、異常にしたとも言える。得られる快楽なんてものは人それぞれで、そこにはとても他人では計り知れないものもある。

なにに喜びを感じ、愉悦《ゆえつ》を感じるかは人それぞれだが、これはそれを強制的に『他人からの感謝』としてしまう『呪い』だ。

人から感謝されたりすると、普通は嬉しいものだ。承認《しようにん》欲求が満たされることで、他人に必要とされている、自分の存在を認められたと思うことができる。

そういった喜びをルナは快楽として得るようになったのだ。

「ね、ねえ、とーやん！　もう一回！　もう一回『ありがとう』って言って！」

「いいぞ。『ありがとう』」

「…………あれ？」

「気持ちがこもってない感謝ではダメなんだよ」

「ええー……」

眉《まゆ》をしかめるルナを放置し、ヴィオラの拘束《こうそく》を解く。

「人から感謝されるってどうしたらいいかわかんないよ。誰《だれ》を殺せばいいの？」

「なんでそっちの方へいくんだよ！　普通に困っている人を助けたり、手伝ってやればいいだろ！」

いかん。変な方向へ行かれると困る。依頼者《いらいしゃ》から感謝されるのを目的に、暗殺者になって人を殺しまくり、なんてことになったら意味がない。

追加で他人を殺すことができないように呪縛しとこう。自己防衛のときはその限りではないが。

こいつは人から感謝されたことがあまりないから、単純なことも思いつかないんだな。

手っ取り早くわからせてやる必要があるか。

僕はルナとヴィオラを連れて、ブリュンヒルドにある学校へと【ゲート】で転移した。

校庭にいた子供たちが僕らに気付く。

「あ、へーかだ！」

「ホントだ、へーかだ！」

わーい！　とみんなが走り寄ってくる。見たこともない紫色《むらさきいろ》のゴレムに子供たちは興味《きょうみ》津々《しんしん》だ。

「ちょっ、とーやん!?　どこなの、ここ!?」

「うちの国にあるできたばかりの学校だよ。今日は確か花壇《かだん》を作る日なんだ」

奥の校舎から桜《さくら》の母親でここの校長先生であるフィアナさんと、その護衛であるケット・シーのニャンタローが現れた。

「ニャニャ？　王様ニャ」

「あら、陛下？　どうしましたか？」

足早に二人ともこちらへとやってくる。手には軍手らしきものと、小さなスコップを持っていた。どうやらこれから花壇を作るみたいだ。

「手伝いを一人連れてきたんです。お供のゴレムも一緒《いっしょ》で」

「あらあら、それはわざわざ。ありがとうございます」

「はうっ⁉」

なにげなく発したフィアナさんの感謝の言葉にルナがぶるりと震え、僕にしがみつく。

「どうかしました？」

「あ、いえ。こいつルナって言いまして。人見知りなんですよ。お気遣《きづか》いなく」

「そうですか。今日はよろしくお願いしますね、ルナさん」

「わ、わ、わかったわ」

荒い呼吸でルナが答える。大丈夫《だいじょうぶ》かいな。まだ身体が慣れてないから、過敏《かびん》に反応してしまうのかもしれないな。

「おねーちゃん、スコップはこっちだよ。一緒にやろー」

「やろー」

「え？　いや、ちょっ……！」

ルナが小さな女の子たちに手を引っ張られ、連行されていく。

そのあとを焦《あせ》ったようにヴィオラが追いかけていった。

土魔法を使えば花壇なんて数秒でできるんだが、フィアナさんに言わせると、『なにかをみんなで頑張《がんば》って作る』ってのも教育の一環《いっかん》らしいし、無粋《ぶすい》なことはやめておこう。

さて、僕も手伝いますかね。


それから数時間後、学校の一角にはレンガで囲まれた花壇ができあがった。子供たちが作ったものであるから雑なことは否《いな》めないが、なかなか上出来なものである。

「やっとできたねぇ」

『ギ』

初めは困惑《こんわく》だらけで言われるがままに手伝っていたルナたちも、いつしか一生懸命《いっしょうけんめい》な子供たちと一緒になって花壇を作っていた。心なしか笑《え》みを浮かべているようにも見える。

そんなルナのところへ、顔を土で汚《よご》した女の子が近寄っていった。

「おねーちゃん、ありがとう！」

「ふぉっほ⁉」

僕の指示した通りの言葉を口にした女の子に、ルナがビクンと反応する。

「も、もう一回言ってくれる？」

「おねーちゃん、ありがとう！」

「っ、ひゃうっ……！」

「おねーちゃん、大丈夫……？」

身体をかき抱いて悶絶《もんぜつ》するルナに女の子が首をかしげる。

「ヴィオラちゃんもありがとうね」

『ギ』

ヴィオラにまで感謝の言葉を述べる女の子を背にし、ヨロヨロと内股《うちまた》で歩いてきたルナが僕にしがみつく。

「とーやん、これヤヴァい……。すっごく気持ちいい。ぞくぞくっとするの。おじさんのお目々を抉《えぐ》るより、槍《やり》で胸を貫《つらぬ》かれるより気持ちいい。すごいよぉ、漏《も》らしちゃいそう」

「『生きてる』って実感できるか？」

「すっごく。こんなの初めて。癖《くせ》になる。酷《ひど》い。こんなの酷い」

まあ、罰だし『呪い』だしな。それに酷いという割には思いっきり笑顔《えがお》じゃないか。呼吸は荒いし、眼鏡の奥の目は白目になりかけていて、よだれも出てるし、ちょっと引く笑顔だが。

やはりちょっと快楽の波が強すぎるのかな。そう思ったとき、フィアナさんが子供たちを引き連れてこっちへやってきた。

「はい、みんな。今日手伝ってくれた陛下やルナさんに感謝の言葉を送りましょう」

「あ、いや、フィアナさん、今は……！」

『『へーか、ルナおねーちゃん、今日はありがとうございました！』』

子供たちが大合唱で感謝の言葉を述べる。それは子供だから持ち得るかもしれない、本当に心からの純粋《じゅんすい》な言葉で……。しかもそれが数人分。

「っ、ふっひょぃっ、イィィイクッ……！　ウひィッ……！」

声にならない声を上げて、ルナがその場にへたり込む。

駆《か》け寄《よ》った僕の腕《うで》をガシッと掴み、見上げてきた顔は、笑っているような泣いているようななんともいえない愉悦を満たした表情をしていた。

「とーやん……。もぅ、らめぇ。漏えりゅ。漏りゃしちゃう。こんなの耐《た》えりゃれる、わけにゃい。頭が、真っ白に……。うひぇっ……！」

身体をビクンビクンさせながら、小声でルナがつぶやく。ヤバい。目がイッてる。こりゃかなり限界だ。ちょっと相手が純粋すぎたか。初めはもっと軽い感じで感謝されるような相手を選べばよかった。

「あの、大丈夫《だいじょうぶ》ですか？」

「大丈夫です。ちょっと疲《つか》れたんでしょう。きょ、今日のところはこれで失礼します！みんなもまたね！」

フィアナさんにそう告げて、手を振《ふ》りながら僕はルナとヴィオラとともに【テレポート】で元の地下牢へと戻ってきた。

「ヴィオラ、あとはまかせた！」

『ギッ!?』

紫のゴレムにあとを託《たく》すと、僕はすたこらと地下牢を出て行く。背後からなにやら噴《ふ》き出すような水音が聞こえたような気がしたが、気のせいに違いない。気のせいだよ、きっと。

とりあえずルナは罰を受けたわけだし、解放しても大丈夫だろう。

……大丈夫だと思いたい。

◇　◇　◇

各国に出現した変異種の被害《ひがい》は壊滅的《かいめつてき》とまではいかないものの、かなりのものであった。

特に破壊された建築物などの撤去《てっきょ》には時間がかかる。

これに大きな活躍《かつやく》を見せたのが、ドワーフたちが生み出した土木作業用魔導《まどう》機械『ドヴェルグ』である。フレームギアだとどうしても動かして失敗した場合の損害が大きいため、フレームユニットでの訓練が必要だが、小型のドヴェルグは実地で操縦技術を学ぶことができる。動かしやすいしな。

しかもフレームギアと違って購入《こうにゅう》することができるとのことで、ドワーフたちからドヴェルグの販売《はんばい》を一手に任されているストランド商会のオルバさんのところに、各国からドヴェルグの注文が一気に殺到《さっとう》した。

こういうことを予想していたのか、オルバさんはドヴェルグをすでに量産済みだったらしいが、それを上回る注文の嵐《あらし》らしい。

「いやはや、喜んでいいのか悪いのか。妙《みょう》な気持ちですな」

オルバさんはそうは言っていたが、白髪《しらが》混じりの狐《きつね》耳と尻尾《しっぽ》がぴこぴこと揺《ゆ》れていたのでかなり儲《もう》けていると見た。

カプセルトイのシリーズにそのうちドヴェルグが出てくるかもしれないな。

もちろん裏世界——西方大陸では工場《ファクトリー》製の大型ゴレムが大活躍《だいかつやく》であるが。

バビロンの『格納庫』を訪《おとず》れた僕は、ずらりとハンガーに並べられたフレームギアたちを見渡《みわた》す。

「もうこいつらを使うことはないかもしれないな」

「うんにゃ、そうとも言えないようだよ」

ちょっとばかりセンチメンタルな気持ちになっているところへエーテルシガレットを咥《くわ》えたバビロン博士が白衣を引きずりながら現れた。

「どういうことだ？」

「その説明をするのにこれを作ってきた」

博士が取り出したのはノート大の透明《とうめい》な薄《うす》い板だった。二枚あり、片方は赤、片方は青の塗料《とりよう》で、点々と大小様々な大きさで丸く塗《ぬ》られている。

パッと見、不規則に塗られた水玉模様のガラス板である。なんだこれ？

「こっちがボクらの世界。こっちがエルカ君やフェンリルたちのいた世界。ま、どっちでもいいんだが。この塗られた部分が魔素《まそ》の分布図だと思ってくれ。これを重ねると……」

博士が二枚のガラス板を重ねる。すると赤の部分、青の部分、透明な部分、そして紫の部分と四つの色に分けられた。これがなんだと……あ。

「そう。この紫の部分が魔素の濃《こ》い部分だ。つまり『魔素溜《だ》まり』だよ。一つになったこの世界は『魔素溜まり』が多いんだ」

「巨獣《きょじゅう》か……」

巨獣。魔獣などが魔素の濃くなった『魔素溜まり』で成長し、異常な発育をみせて巨大《きょだい》化《か》したものだ。

通常、『魔素溜まり』は深い森林部とか、深海、天険の霊峰《れいほう》などに溜まることが多いので巨獣も直接人間に被害を及《およ》ぼすことは少ない。

しかしひとたび巨獣が町などに現れるとその被害は災害級となる。

かつて『帰らずの島』と呼ばれていたパレリウス島は巨獣だらけの島で、大きく高い壁によって巨獣たちの侵入《しんにゅう》を阻《はば》んでいた。

その巨獣が生まれる原因となる『魔素溜まり』がそこらじゅうにあるってのか。

「ま、だからって今日明日で巨獣が現れるわけでもないけどね。世界が重なる前からもともとあった魔素溜まりならもう巨獣化しているし、この新しい魔素溜まりから生まれるには数年はかかるだろう。巨獣同士の潰《つぶ》しあいもあるし。その都度間引けば問題ないと思う」

当然のことながら魔素溜まりから生まれる巨獣は一匹《ぴき》ではない。この場合、同じ種であることが多いため、縄張《なわば》り争いなどで互《たが》いに潰しあい、結果、巨獣は少なくなったりする。より強い個体が生き残る、とも言えるのだが。

「いつでも出撃《しゅつげき》できるようにしといた方がいいってことか」

「そうだね。それに例の『世界の結界』とやらは修復されてはいないんだろう？　フレイズのような異世界からの侵略者《しんりゃくしゃ》がまたこないとも限らないし」

ヤなこと言うなあ。

実は神化した僕の力で直せないこともないらしいんだけど、下手するともっとひどいことになるかもしれないって姉さんたちに言われた。

今回の件は邪神《じゃしん》が絡《から》んでいるので、神様たちが結界を修復するのはＯＫなんだそうだ。今まではこの世界を管理する神がいなかったのでどうしようもなかったが、一応僕がその管理人と世界神様に認められたからな。

僕には直せないが、他の神様たちに『直して下さい』と頼むのは問題ないということだ。

ただ問題は知り合いに直せそうな神様たちがいないってことだよなぁ……。

諸刃姉さん、狩奈姉さん、武流叔父《たけるおじ》は論外。花恋《かれん》姉さんと酔花《すいか》もダメだろう。残りは耕助伯父《こうすけおじ》と奏助《そうすけ》兄さんだが、やっぱり専門外らしい。

そもそも下級神というのは言ってみればその道のスペシャリストである。逆に言うと、それ以外はさっぱりって神が多い。

そのうち適任者を送るって世界神様が言ってたけど……。お願いします、まともな神様が来ますように。

バビロンから戻るとスマホに着信が届いた。んん？『黒猫《くろねこ》』のシルエットさんから？なんの用だろう？

◇◇◇

なにやら相談があるとのことで、とりあえず『黒猫』本部があるストレイン王国の商業都市・カンターレへと転移した。

王都に次ぐ大きな都市であるカンターレの歓楽街《かんらくがい》。そこに『黒猫』の本部である『月光館』があった。

昼だからネオンは燦《きら》めいてはいないが、相変わらず派手派手しいところだなあ……。まあ、娼館なんだから仕方ないけどさ。

「いったい何の用でござろうか？」

「いかがわしい用件ではないと思いますけど……」

僕の両サイドには八重《やえ》とヒルダの剣術《けんじゅつ》コンビががっちりと脇《わき》を固めていた。

場所が場所だけに、ここに来るときは婚約者《フィアンセ》の誰かが同伴《どうはん》しなくてはならないというルールを作られてしまったからなあ。

確かにここに来るとどうも挙動《きょどう》不審《ふしん》な感じになるのは否めないが。匂《にお》いとか雰囲気《ふんいき》とかドキッとする要素が満載《まんさい》だからね。たまに廊下《ろうか》に半裸《はんら》のお姉さんとかがいるし……。

入口で僕を見つけた警備員で強面《こわもて》のお兄さんが深々と頭を下げる。娼館で国王が顔パスになっているっていうのもどうなのか。

今度シルエットさんに会うときは別な場所にしてもらおう。娼館通いをする国王とか噂《うわさ》になったら泣くぞ。その意味では八重たちを連れてきたのは正解とも言えるが。

いつものように最上階のシルエットさんの私室に通されると、黒猫と黒豹《くろひょう》が僕らをお出《で》迎《むか》えしてくれた。

黒豹は首にメダルのついた首輪をしているが、シルエットさんの召喚獣《しょうかんじゅう》である。『ライトニングパンサー』という稲妻《いなずま》を操《あやつ》る獣だ。

『こちらへどうぞ、公王陛下』

ライトニングパンサー……（確かシェイドって名前だったか）が、僕らを部屋の奥へと先導する。シェイドは会話ができる召喚獣なので、主人であるシルエットさん以外とも意思疎通《そつう》が可能なのだ。

部屋の奥ではシルエットさんが自らお茶の用意をしてくれていた。

「いらっしゃいませ。あら、今日は前のと違う娘《こ》たちなのね。お盛んだこと」

シルエットさんが微笑《ほほえ》むと、八重とヒルダが少し怯《ひる》んだ様子を見せた。後々面倒《めんどう》なんで、あんまりからかわないでほしいんだが。

勧《すす》められるままにソファに座《すわ》り、お茶をいただいて、早速《さっそく》用件に入る。

「実は『黒猫』も他の国へ進出しようと考えてるの」

「他の国って……今でもかなり幅広《はばひろ》くやってるじゃないですか」

「ああ、こちらの……西方大陸じゃなくて、あなたたちの国々の方、東方大陸で、ってことよ」

実のところ、西方大陸と東方大陸の人々の行き来は圧倒的《あっとうてき》に西方から東方への移動が多い。これはなぜかというと、まず、東方から西方へは船（風魔法の魔法使《まほうつか》いを乗せた高速船）だけなのに対し、西方から東方へはそれに加え飛行船があるからだ。

さらにこれは僕の想像なんだが、魔法文化と魔学文化、魔法という未知のものを求める西方の人たちに対し、魔学という未知のものを東方の人たちは少し警戒《けいかい》しているようにも思う。ゴレムなんて完全に古代文明の魔道具《アーティファクト》だしな。

積極的に交友を求めてくる西方世界に、戸惑《とまど》っている東方世界という感じだ。

その例にもれず、シルエットさんも東方へ進出したいってことか。

「東方大陸で娼館を開きたいってわけですか？」

「そうね、他に真っ当な宿屋もだけど。私たちは商売が商売なだけにちょっと複雑でね。そこのところを国のお偉《えら》いさんたちに少し融通《ゆうずう》をきかせてほしいのよ。ザビットのような輩《やから》に絡まれるのは正直嬉しくないから」

ザビット……？　ああ、『黒猫』の前身であった『黒蝶《パピヨン》』の幹部で、シルエットさんを勢力下におさめようと散々嫌がらせをしていたヤツだな。

その後、聖王国アレントの聖王都アレンで一度見たけど。孤児院《こじいん》を地上げしようとしてたが、僕《ぼく》を見て一目散に逃げてったな。

確かにあの手の裏社会を牛耳《ぎゅうじ》る輩に絡まれるのは面倒だ。ただでさえ娼館ってのは狙《ねら》われやすい。『傘下《さんか》になれ』とか、馬鹿なことを言い出す輩も多いだろう。

「具体的には？」

「できれば国のお墨付《すみつ》きが欲《ほ》しいところだけど。宿屋はともかく娼館の方は難しいでしょうね」

まあなあ。場末の娼館だと、借金のカタや攫《さら》われてきた女性たちを奴隷《どれい》のように扱《あつか》っていたりするっていうしな。シルエットさんのところは高級娼館だから、どちらかというと客より店の女性たちの方が立場が強い。ここで問題を起こせば出入り禁止になるだろうし。

実はブリュンヒルド《ち》でも娼館を建設しろって話が出てたりするんだよね……。必要悪というか、無いとそれ絡《がら》みの犯罪が起こりかねないとも言うしな。

どうしたもんか。

「宿屋の方は問題ないと思います。ですが、娼館はやはりその国次第《しだい》かと。ラミッシュ教国なんかだとまず無理だと思いますし。うちにならば出しても構いませんけど、……国営にまではできません、よ？」

後半尻《しり》つぼみになったのは両サイドからキツい視線を浴びせられたからだ。別に僕が行きたいから建ててもいいよって言ってるんじゃないのに……。

「まあ、そこらへんは自分たちでなんとかするわ。で、本題なのだけれど」

あれ？　国のお墨付きが欲しいってのがお願いじゃないの？　こっからが本題？

「私たちはもともと『黒蝶』から分かれた組織だから、闇市場《ブラックマーケット》との繋がりもまだ少しはあるんだけど。そこでちょっと面白《おもしろ》いものを見つけたのよ」

シルエットさんがテーブルの上に羊皮紙で書かれた古い本を置いた。こりゃまた古い本だな。

「それは『シュラフ歴程』と呼ばれる本でね。かつてダウバーンで司祭を務めていたシュラフ・サイクスの自伝が書かれているの。その中に炎国《えんこく》ダウバーンと氷国ザードニアの争いの原因が書いてあったわ」

「え？　あの二国が争っている原因がわかったんですか？」

犬猿《けんえん》の仲だという炎国ダウバーンと氷国ザードニア。その理由がはっきりとしないままに争っている。その理由がこの本に？

「早い話が崇《あが》める神への生け贄《にえ》を相手に盗《ぬす》まれたと思い込んでいたのよ。実際には盗まれたわけでもなんでもないのだけれど」

神への貢物《みつぎもの》ってのは生け贄《い》のことだったのか。

シュラフ司祭の記録によると、はるか昔、ダウバーンは国が崇める炎の神（実際は精霊《せいれい》なのだろうが）に、生け贄として王の子を差し出せと言われたらしい。ところが時の王は自分の子供可愛《かわい》さに、相手国に子供を攫われたと嘘をついて、神への生け贄をなかったことにしようとしたという。

「生け贄を出せないのを相手国のせいにしたっていうんですか？」

「自分に捧《ささ》げられるべき生け贄が相手国に奪われたとなれば、神の怒《いか》りはザードニアへ落ちると考えたのかもしれないわね。ところが向こうの国でも氷の神が生け贄に王の子を求めていた。そしてザードニアの王もダウバーンの王と同じ行動をとったのが不幸の始まり」

まさか相手国も同じことをしてたなんて夢にも思わなかったんじゃなかろうか。お互いが生け贄である王子、あるいは王女を攫われた、と相手国のせいにしたわけだ。なんつう、アホな理由だ。

「結局、神の怒りはそれぞれの自国に落ちてダウバーンは灼熱《しゃくねつ》の、ザードニアは極寒《ごっかん》の地に変わり、神は彼《かれ》らを見捨てて去った。

当然、このことは一部の上層部しか知らされなかったわ。王の身勝手さを晒《さら》すわけにはいかないものね。ダウバーンの司祭だったシュラフはかなり苦悩《くのう》したらしいわ。だってお互いのその嘘で、何年も何十年も諍《いさか》いが続いたのだもの。黙っているのが辛《つら》すぎて『シュラフ歴程』を書いたのかもね」

一般《いっぱん》の国民は、神の怒りは相手国のせいだと互いに憎《にく》しみを抱《いだ》き、それから何百年も争っているわけだ。そりゃ司祭様も胃が痛かろう。

というか、生け贄をよこせってどういうことだ？　今の炎の精霊と氷の精霊に聞いても無駄《むだ》かもしれないが、もう一度聞いてみる必要があるかもな。

「問題はもう理由なんて関係なくなっているところよね。『シュラフ歴程』は聖王国の古い聖霊《せいれい》教会から見つかったの。内容は秘匿《ひとく》された古代聖霊文字で書かれているし、ほとんど読める人はいないわ。たぶん王家の人間もこのことを知らないんじゃないかしら」

まあ秘密の日記だ。そりゃ読まれにくい文字で書くよな。というか、もっとわかりやすい文字で書いてくれりゃ両国の争いも早めに終わったかもしれないものを。バレたら身の破滅《はめつ》だから仕方ないとはいえ。

「でもそんな本がなんで今ごろ？」

「本自体はもともと手に入れてはあったの。解読はさっぱり進んでいなかったけど。だけどほら、ついこの間、そういったチャンスがあったじゃない」

「え？　あー……。そういうことか……」

シルエットさんが含《ふく》み笑《わら》いをするのを見て、僕はなぜこの本の解読ができたかを一瞬《いっしゅん》で理解した。

『望月冬夜《もちづきとうや》』アプリだな。確かにアレなら翻訳魔法《ほんやくまほう》【リーディング】も使える。アプリ説明に使える魔法一覧を付けてあったしな。

今はもう期限切れでサービスを終了《しゅうりょう》しているが、ちゃっかりしてたんだなあ。いや、他の王様たちもなにかしらやってる気がする……。

邪神を倒《たお》してからアプリ終了まで二日ほどあった。二日あればなんでもできちゃうよなあ……。

「で、その二国を冬夜殿《どの》にどうしろというのでござるか？」

「できれば『調停者』と呼ばれる貴方《あなた》に争いを止めてほしいの。『月光館』に流れてきた娘《こ》たちの中には、ダウバーンとザードニア出身の者も多いのよ。子供たちは飢《う》え、生き残るのも困難で、生き残っても馬鹿らしい戦争に駆り出される。その原因がこんなくだらないことだなんて、やりきれないわ」

「確かに……。もしも王たちでさえすでにその原因を知らないのなら、これは悲劇ですね……」

ヒルダが悲痛な面持《おもも》ちになる。彼女《かのじょ》も王家の人間だ。思うところがあるのだろう。

一国の王としては他国の争いごとに干渉するのはあまり褒《ほ》められたことではない。世界の管理者としても世界が滅《ほろ》びるわけでもないなら、流れのままにするのが一番なのかもしれない。

が、この世界は神々の保養地となる。そんな世界の国々が争いあっているのもどうなのか、と思ったりもする。

世界神様はこの世界が終わった時に、『素晴《すば》らしい世界だった』と言えるように頑張れと言ってくれた。それはこの争いを他人事として無視しろ、ということではないはずだ。

「わかりました。やれることはやってみましょう。最低でも精霊による灼熱と極寒の呪いからは解放できるはずです」

「さすが冬夜殿！」

「よかった……。もう安心ですね！」

八重とヒルダの顔がほころぶ。や、まだ喜ぶのは早いと思うけどね。

問題はその二国の国王がこの『シュラフ歴程』を信じてくれるかということなんだけど……。自国の、というか自分のご先祖の愚《おろ》かさを認めろ、ということでもあるからなあ。

生け贄を断るのは愚かではない。むしろ神（だと思っている存在）に対して勇気のいることだと思う。

しかし、神の怒りを恐《おそ》れ、それを他国になすり付けようとした挙句、自国を呪わせてしまったのはいただけない。さらにそれを隠蔽《いんぺい》し、その他国のせいにしてしまったのは愚かとしか言いようがない。

そこまでいったらもう引くに引けず、泥沼《どろぬま》の戦いが続くだけだ。実際、何百年たった今も続いているのだが……。

とりあえず、まずはもう一度炎の精霊と氷の精霊に話を聞こう。最悪、あの二人に地上に降りてきてもらえばなんとかなるかもしれない。曲がりなりにも昔は国を挙げて崇められていた神（ニセモンだが）であるわけだし。

「なんとかしてもらえると助かるわ。ただ……あの二国の王は本当に仲が悪いから不安ね。休戦協定のたびに顔を合わせるみたいだけど、そのたびに罵《のの》り合いが始まって収拾《しゅうしゅう》がつかなくなるらしいから」

子供か。それを聞いてものすごく不安になったぞ。一回二人とも拉致《らち》ってとことんまで殴《なぐ》り合《あ》いでもさせるか？

年寄りは考えをそう簡単には変えられないこともあるし、王子か王女、次世代の方に話を持っていった方がいいかもしれないなあ。

さて。それじゃ『調停者』の名の下に、くだらない争いをしている二つの国をなんとかするか。まずは精霊界に行かないとな。

僕たちはシルエットさんと別れ、『月光館』をあとにした。

◇　◇　◇

「生け贄？　そんなの要求したかなあ。覚えてない」

「私《わたくし》も。なにせ五百年前、生まれ変わる前のことですし……」

僕の質問に首をひねる炎の精霊。同じように隣《となり》に座る氷の精霊も首を傾《かし》げていた。

二人にあらためて話を聞くためわざわざ精霊界まで来たが、やはりおぼろげな記憶《きおく》らしく、はっきりとしない。

「当時の君たちのことを知っているやつって、誰かいないか？」

「あー、それならやっぱり火の姐御《あねご》かな。前のアタイも可愛がってもらってたみたいだし」

「私《わたくし》も水のお姉様ですわね。いつも話を聞いてもらっていたらしいです」

火の精霊に水の精霊か。大精霊ほど復活のサイクルが長いらしいからいろいろとわかるかもしれない。よし、そっちに行ってみよう。

精霊界を転移する。精霊界はキラキラと輝《かがや》く乳白色の空間だが、ところどころに惑星《わくせい》のような塊《かたまり》というか、小さな大地がある。直径百メートルもない小さな星だ。

これは何もない空間が落ち着かなかったので、僕が大地の精霊に提案したことだ。すぐに受け入れてくれた大地の精霊は瞬《また》く間《ま》にいくつかの小さな星を作り上げてしまった。大精霊ってすごいね。

今じゃその小さな星々に精霊たちは仲良し同士で住んでたりするのだ。

その中でも大精霊たちの住む大きな星へと僕が降り立つと、この星を作った大地の精霊が出迎えてくれた。

「ようこそいらっしゃいました、精霊を束ねる王よ。さ、こちらへ」

大樹海にいる大樹の精霊と同じ翠《みどり》色の髪《かみ》をした大地の精霊はにこやかに微笑むと僕を森の中へと誘《さそ》った。

森の中には開けた空間があって、簡単な四阿《あずまや》があった。壁《かべ》のない丸い建物の中には火の精霊と水の精霊が楽しそうにお茶を飲んでいる。火と水なのに仲良いな。そういや、光の精霊と闇《やみ》の精霊も姉妹のようだった。お互いに無いものを持っているから惹《ひ》かれるってやつだろうか。

ま、とにかく今は火の精霊と水の精霊に、生まれ変わる前のあの二人のことを聞かねば。

僕は地上で争いを続けている二国のことを話し、その原因に炎と氷の精霊、正確には前世の精霊が関《かか》わっているらしいことを説明した。

「生け贄ねぇ。そんな趣味《しゅみ》の悪いことをあいつらがするかなぁ。前の炎の奴《やつ》も今とそんなに変わらない性格だったから、キレやすい奴ではあったけど」

「うーん、氷ちゃんもねえ。嫌《いや》がらせならやりかねないとは思うけど、そこまで悪どくないわ」

「どういうことなんだろ。なにか齟齬《そご》があるのかな……」

火の精霊と水の精霊の答えは、ますます事態が不可解なものになっていく話だった。二人が生け贄を要求したんじゃないのか？

考え込んでいた僕の耳に、火の精霊がふと漏らした声が届いた。

「あ、ひょっとしてあれかな？　五百年くらい前、炎の奴がえらい剣幕《けんまく》で怒《ど》鳴《な》り散《ち》らしてた。精霊師にできる資質を持つ人間をせっかく見つけたのに邪魔《じゃま》されたって」

「精霊師？」

「精霊の地上における眷属《けんぞく》のような者です。精霊との繋《つな》がりが強く、時に憑依《ひょうい》することでその者に精霊の力を与《あた》えることができます。精霊使いの上位に当たる者ですね」

僕の疑問に大地の精霊かそう答えてくれた。憑依って乗り移るってことだっけ？　つまり精霊に乗り移られて、その力を全《すべ》て使いこなすことができるようになるってこと？

「じゃあ生け贄ってのは……」

「たぶん精霊師になれってことじゃないかね。精霊使いじゃない奴らにこっちの言葉はうまく伝わらないから、『身体を差し出せ』とか伝わったかも……ああ、それでか」

納得《なっとく》がいったとばかりに火の精霊はポンと手を打った。

じゃあなにか？　『精霊師にしてあげるから時々身体を貸してね』と言ったつもりが、『身体を生け贄に差し出せ』と伝わってしまった、と？

「なるほど。拒否《きょひ》された理由を尋《たず》ねれば相手の国に攫われたと嘘《うそ》をつかれた。感情を読む我々に嘘は通じない。馬鹿《ばか》にされた、騙《だま》されたとあの子たちがキレてもおかしくない……」

水の精霊も小さく頷《うなず》いている。親切心かどうかはわからないが、精霊師にしてあげようと思ったのに、くだらない嘘をつかれたので怒《おこ》ったのか。よっぽどその王子だか王女だかを気に入っていたのかなぁ。

感情を読めるってことは、精霊の力を利用して相手国を陥《おとしい》れよう、みたいな悪意も感じられたのかもしれない。そりゃ怒るか。

「時の王様たちもちゃんと意思が伝わっていれば、そんな嘘をつくこともなかったのになあ」

喜んで自分の子供を精霊師にしてくれ、と頼《たの》んだだろうに。

あるいは魔法文化の発達していた表世界だったら、精霊言語を話せる奴もいたかもな。

結局は意思のすれ違《ちが》い、ボタンのかけ間違《まちが》いってことか。

だいたいの事情は把握《はあく》した。たぶんそれが真実なんだろう。問題はだからといってあの二国が矛《ほこ》を収めるかというところなんだが。

難しいよなあ。まず信じてくれるかどうかってとこからだけど。

信じたとしても認めないかもしれんが。とにかくまずは二国の王様に会ってみるか。

◇　◇　◇

一度も接触《せっしょく》したことのない国だ。どこかの国に仲介《ちゅうかい》を頼みたいところである。

そこで白羽の矢を立てたのは、両国に接している聖王国アレントだ。

精霊を聖霊と呼《よ》び慣《なら》わし、神のように崇めているのは過去の二国と同じだが、こちらは今までに大精霊には直接関わった歴史がないので、まだ穏《おだ》やかなイメージがある。

「我《わ》が国《くに》はもともとあの二国から逃《のが》れてきた民を受け入れてきた歴史があるからな。聖霊様の扱いは慎重《しんちょう》にならざるを得ない。しかし冬夜殿、ほ、本当に大聖霊様を呼べるのか？」

「呼べますよ。今ここで呼びます？」

「いやっ！　いい！　今はいい！」

ゴレム馬車に揺られながら、正面に座ったアレントの聖王が青くなる。さすがに精霊のその上、大精霊ともなると気おくれするらしい。ま、仕方ないか。

ゴレム馬車は一路、炎国ダウバーンの王都、炎都バーンへと向かっている。窓から外を見ると砂漠《さばく》、砂漠、砂漠。見渡す限りの砂だ。点在的にオアシスのようなものが見えるのは、精霊の力が弱いところなんだろうな。

そこを行くこのゴレム馬車も、もちろん車輪などの馬車ではない。

裏世界に来て初めて会った商人のサンチョさんが乗っていた、いわゆる多脚型のゴレム馬車である。ムカデのような何本もの足でしっかりと砂漠を踏《ふ》みしめ歩いていく。

足先に平べったい板のようなものが付いており、砂に埋《う》もれないようになっているようだ。しかし正直揺れが厳しく、乗っていていささか辛い。

ダウバーンもザードニアもすでに【フライ】で行ったことがあるから（通過しただけだが）、炎都バーンまで一行ごと転移してもよかった。しかしさすがに初めての国でそれをやるのはいろいろと問題もあると止められたので、こうして転移した途中《とちゅう》の砂漠からえっちらおっちら馬車でやってきているわけだ。

これも一種の様式美だと割り切ることにしたんだけど……うぷ。【リフレッシュ】……。

《大丈夫ですか、主《あるじ》》

《あー、大丈夫大丈夫《だいじょうぶ》。治った》

僕の横で揺られている子虎《ことら》状態の琥珀《こはく》は平然としていた。お前、乗り物酔《よ》いしないの？

「しかし、ブリュンヒルド国王。先日も言った通り、我が国とダウバーン……ザードニアもだが、それなりの付き合いがあるといっても、決して友好国というわけではない。歓迎《かんげい》されるとは限らんぞ？」

ゴレム馬車は僕らの前に二台、後ろにも二台と計五台で砂漠をキャラバンのように進んでいた。仮にも王自らが、決して友好国とは言えない国へ行くのだ。それなりの護衛は必要になる。

僕も横にいる琥珀だけじゃなく、騎士団《きしだん》副団長のニコラさんと他に五人ほど付いて来ている。後ろのゴレム馬車に乗っているが、酔っていないか心配だな。

「向こうの王様に会って話さえできれば歓迎されなくてもいいんですけどね。それ以降は向こうの出方次第です。なるべく聖王国には迷惑《めいわく》をかけないようにしますので」

「まあ、邪神を倒した英雄《えいゆう》だ。そこらへんは心配しておらんよ。だが、あそこの国王が相手ではすんなりいくとはとても思えんのだがなあ。まあ、間違いが起きてもダウバーンが滅ぶだけだろうと思ってはいるが」

しつれーな。一応、我慢《がまん》するつもりですぞ。よっぽどのことをされない限りは。

だけどたまーにそのよっぽどのことをする、どうしようもない馬鹿国王もいるからなあ。サンドラの豚王《ぶた》とか。あのレベルじゃないことを祈《いの》る。

ようやくゴレム馬車は炎都バーンに辿《たど》り着《つ》き、大きな門をくぐってまっすぐに王城に向かう。

町の中はミスミドの王都、ベルジュのような干し煉瓦で造られた家々が目立つ。しかしベルジュと比べると町の人たちに活気がない。どこか疲れているようにも見える。長きに渡《わた》る隣国《りんごく》との戦争が国民を疲弊《ひへい》させているのだろうか。

ボロを着た子供たちがうなだれて、建物の陰《かげ》に座っている。子供たちに笑顔《えがお》がない国はダメな気がするな……。

ダウバーンの王城はオアシス地帯にある炎都の中でも、大きな泉のほとりに建てられていた。古びた煉瓦《れんが》造《づく》りの城で、尖塔《せんとう》というものがなく、四角い積木で作られたような城である。華美《かび》さというものがなく、がっしりとした質実剛健《しつじつごうけん》なイメージがある。

城門をくぐり抜《ぬ》け、場内へとゴレム馬車は進み、噴水《ふんすい》のある庭園前で止まった。

聖王に続き、琥珀とゴレム馬車を降りる。暑《あつ》う！　冷房《れいぼう》の効いていたゴレム馬車と比べると天国と地獄《じごく》だ。

日本のようにジメジメとした暑さではないが、暑いものは暑い。こっそりと水魔法《みずまほう》の【クーリング】を使っておく。はぁ、快適快適。

馬車を降りた僕らを赤い革鎧《かわよろい》を着た偉丈夫《いじょうふ》と、同じように赤いローブを着た老人が出迎えた。

城への入り口までは、槍《やり》を持ったダウバーンの兵士と赤い機体のゴレムたちが左右にズラリと並んでいる。これ見よがしに。ひょっとしてこれは示威行為《じいこうい》ってやつかね？

「ようこそダウバーンへ。アレント聖王陛下。それと……ブリュンヒルド公王陛下ですな？」

「はい。望月冬夜と申します。今日は忙《いそが》しいところをわざわざありがとうございます」

話しかけてきた赤ローブの老人に僕が挨拶《あいさつ》すると、隣にいた赤い革鎧を着た将軍とおぼしき人物が目を見開いて驚《おどろ》いていた。

「なにか？」

「いえ。王たる方がずいぶんと腰《こし》が低いと……あ、いや失礼を」

「もともと冒険者上《ぼうけんしゃあ》がりなもので、尊大な態度は身に付いていないのですよ。そこらへんは大目に見てもらえると助かります」

再び目を丸くした将軍さんは、そのあとふっと相好を崩《くず》した。お、なかなか好印象だな。

歳《とし》は四十手前といったところか。短い黒髪《くろかみ》に榛《はしばみ》色の目、そして顎《あご》に傷。歴戦の戦士といった雰囲気を持っている。この人、貴族じゃないんじゃないかな。平民からの叩《たた》き上《あ》げか。

「あらためてダウバーンへようこそ。私はダウバーン第一師団を預かる万騎将《ばんきしょう》、グレンです」

「よろしく、グレン将軍」

家名がない。やはり平民か。グレン将軍の隣にいた老人も頭を下げた。

「ダウバーン宰相《さいしょう》、ロッソ・ポイニクスです。お見知り置きを」

ロッソと名乗った老人はずり落ちそうになった丸い眼鏡《めがね》をくいっと元に戻《もど》す。こちらは貴族のようだ。宰相なんだから当たり前か。

こちらの老人は感情が読めない。笑うこともなく、淡々《たんたん》と仕事をこなしているだけのようにも見える。

「ではこちらへ。国王陛下がお待ちです」

ロッソ宰相とグレン将軍に先導されて僕と聖王、それに琥珀が続く。

ニコラさんとうちの騎士《きし》たち、聖王国アレントの聖騎士、それに従う二メートルはある白銀のゴレム騎士たちが、僕らの後ろからぞろぞろとついてくる。

城の中は外観と同じく派手さはないが質実剛健な造りとなっていた。無骨ながら落ち着いた雰囲気を醸《かも》し出《だ》している。しかし全体的になんというか……はっきりいうとボロい。『改修しながら使ってきました』感がよくわかる。年季が入っている、とも言えるが。

薄々《うすうす》感じてはいたが、この国って貧乏《びんぼう》？　いや、ちょっと考えればわかるか。年中小競《こぜ》り合いの戦争を繰《く》り返《かえ》して、国内はほとんどが砂漠、隣国との付き合いもあまりないとくればなぁ。

交渉《こうしょう》がどうなろうと炎の精霊に命じて、この灼熱の気温だけはなんとかするつもりではいるけどさ。

奥《おく》まった部屋の前で二体の赤いゴレムが大きな扉《とびら》を開く。グレン将軍はここまでらしく、部屋の外で待機するようだ。

広い部屋の中には大きな縦長のテーブルがあり、銀の燭台《しょくだい》と花が飾《かざ》られていた。奥まった両サイドには廊下で待つグレンと同じような赤い革鎧を着た者たちや、いかにも貴族といわんばかりの者たちが椅子《いす》の横に並んでいる。おそらくこの国の重鎮《じゅうちん》たちなのだろう。

その奥の窓側には立派な椅子がひとつあり、そこに一人の男が腰掛《こしか》けていた。歳は四十から五十。クルンとした口髭《くちひげ》と顎髭《あごひげ》を生やして、頭にはアラブの男性が被《かぶ》るような布を鉢巻《はちまき》のような輪で留《とど》めている。あれってクーフィーヤ、だっけか。服は煌《きら》びやかでゆったりとした、赤と金の刺繍《ししゅう》がされたガウンのようなものを身にまとい、ぽこんと膨《ふく》らんだお腹《なか》には腹巻のような布が巻かれていた。腰には黄金の短剣《たんけん》が差してある。

間違いなくこの男が、ダウバーンの国王、ジャハラデ・ビーア・ダウバーンだろう。

そしてその横には同じような衣《ころも》を身にまとった若い男性が座っていた。二十歳《はたち》くらいか？　やはりクーフィーヤを被り、褐色《かっしょく》の肌《はだ》に黒い目。腰には国王と同じような黄金の短剣。ダウバーンの王子だろうか。

「ようこそダウバーンへ。アレント聖王、そしてブリュンヒルド公王。何もないが最低限のおもてなしはしよう」

椅子に座ったまま、ダウバーン国王は僕らにも座るように促《うなが》す。笑ってはいたが、僕の方を値踏《ねぶ》みするように見ていたのはわかった。ま、こんな若造が国王ったって信用ないか。あからさまに胡散臭《うさんくさ》そうな目で見ているしな。

長テーブルの反対側、ダウバーン国王の正面に聖王陛下と僕が並んで座る。遠いな……。

「二つの国の王がわざわざのご訪問とは。それで？　なにやら重要な話があるとか？」

前置きもなくダウバーン国王が切り出してきた。遠方小国の王がなんの目的でやってきたのか、と言いたげな感じだな。聖王からの紹介《しょうかい》だから相手をしている、と言わんばかりだ。

まあいい。とにかく僕は『シュラフ歴程』の話をし、この国と、そして隣国ザードニアとの争いの原因となった出来事を話して聞かせた。

話しているうちにだんだんと向こうの重鎮席に座っている人たちの顔が険しくなり、やがて我慢できなくなったのか、一人のカイゼル髭《ひげ》の将軍がテーブルに拳《こぶし》を叩きつけた。

「馬鹿なことを！　我が国を愚弄《ぐろう》するつもりですかな、ブリュンヒルド公王！　この地を呪《のろ》われし地にしたのは全てザードニアが愚かにも神に捧げようとした供物《くもつ》を盗んだがため！」

「いや、だからそれは間違いなんです。そもそもこの国の時の王が、神が生け贄を求めていると勘違《かんちが》いしたことから……」

「我が主君の高祖様まで侮辱《ぶじょく》するとは、なんたることか！　田舎《いなか》小国の公王風情《ふぜい》が……！無事で帰ることができるとは思うなよ！」

カイゼル髭の将軍が腰の湾曲《わんきょく》した剣《けん》に手をかける。その剣幕にニコラさんをはじめ、うちの騎士たちも腰に手を伸《の》ばした。

僕はそのニコラさんたちを手で制し、あらためて怒り心頭になっている将軍に視線を向けた。

こちらを睨《にら》みつけているけど、カチンときているのはこっちもだからな。田舎小国で悪かったな。

「何度も言うけど。精霊の言葉を取り間違え、相手国へその責任をなすりつけて、民を騙したのはその時代の王だ。別にあなたたちを責めているわけじゃない。ザードニアも同じことをしたわけだし。だが真実がわかった以上、この二国が争う理由はもうないいんじゃないかってことを言ってるんだよ」

「ザードニアと手を取り合えとでも言うのか⁉」

「ふざけるな！　なぜあんな奴らと手を取り合う必要がある！」

「盗《ぬす》っ人《と》の国を許せと言うのか！」

重鎮たちが口々に怒鳴り始めるその中で、ゆっくりとダウバーン国王が立ち上がった。

「ブリュンヒルド公王。なかなか興味深い話だったが、いささか調子に乗りすぎたな。我が国にはこんな諺《ことわざ》がある。『噂好きな新兵は長生きできない』。いろいろと嗅《か》ぎ回り、余計なことに首を突っ込む奴ほど死にやすいということだ。いろんな意味でな」

わかるよ。日本じゃそれを『雉《きじ》も鳴かずば撃《う》たれまい』って言うから。

「ザードニアは不倶戴天《ふぐたいてん》の敵。手を取り合うことなどあり得ぬ！　我が国が神への供物を盗んだザードニアを滅ぼしたときこそ、この地にかけられた呪いが解けるのだ！」

「それはいつですか？　十年後？　百年後？　何百年も小競り合いを続けて疲労《ひろう》していくだけじゃないですか。その先にあるのは両国が滅ぶ未来だけですよ」

「言わせておけば！」

ダウバーン国王より先にカイゼル髭の将軍がキレて、刀を抜き、こちらへと駆《か》け出してくる。

「よせ！　ジャハギル将軍！」

慌《あわ》てて立ち上がった王子の制止を無視し、ジャハギル将軍とやらが刀を僕らへと振《ふ》りかぶった。

「琥珀」

《御意《ぎょい》》

足下《あしもと》にいた琥珀が一瞬で大虎の姿に戻ると、こちらへ向かっていた将軍めがけて咆哮《ほうこう》を上げる。

「ぐへぇ!?」

琥珀の口から放たれた衝撃波《しょうげきは》で、カイゼル髭の将軍は後方へと吹《ふ》っ飛《と》んだ。

突然《とつぜん》大きくなった琥珀を見て、ダウバーンの重鎮たちがガタガタと椅子から立ち上がる。

大きな音に何事かと扉を開けて、廊下《ろうか》に控《ひか》えていたグレンたちが飛び込んできた。

「言っとくけど、抜いたのはそちらさんが先だからね。謝《あやま》る気はないよ」

「先に愚弄したのはそちらではないか！」

「父上！　おやめ下さい！」

テーブルを叩き、ダウバーン国王が怒鳴る。だからといって斬《き》りかかるってのはどうなのか。カッとなってつい、ではすまないこともある。横にいる王子のほうがよっぽど状《じょう》況《きょう》を理解しているようだ。

「愚弄する気なんかありませんよ。真実を言ったまでだ。仮に僕が話した過去の生け贄《にえ》云々《うんぬん》が嘘だったとしても、ずっとザードニアと争っていてこの国に未来があるとでも？　こう言ったらなんだけど、聖王国アレントがその気になったらこんな国すぐに潰《つぶ》せるんだよ？」

「おいおい。ワシを巻き込むなよ、ブリュンヒルド公王」

苦笑《くしょう》しながら隣に座《すわ》る聖王陛下が肩《かた》をすくめる。

アレントがダウバーンを滅ぼすのは簡単だ。ザードニアに行って、『一緒《いっしょ》にダウバーンを滅ぼそう！』と呼びかければいい。またその逆も可能であるのだが。

故《ゆえ》に、ダウバーンとザードニアはアレントをないがしろにできない。

なのに、そのアレントの友好国である国王に斬りかかる。自滅《じめつ》を望んでいるとしか思えないぞ。

「くっ……」

しでかした事の大きさにやっと気が付いたのだろう、ダウバーン国王の顔色に焦《あせ》りが見える。

『黒猫《くろねこ》』のシルエットさんから聞いていた通り、後先を考えないというか、短絡的《たんらくてき》な王様のようだ。ザードニアの国王と罵り合っていたというから、そうじゃないかとは思ってはいたけど。ってことは向こうも同じかなぁ。

こうなるとだいたい次の行動は限られてくる。僕なら斬りかかった将軍を処罰《しょばつ》し、相手に土下座でもなんでもして許してもらうが。愚《ぐ》の骨頂なのが、

「この者たちを捕《と》らえよ！」

思《おも》い浮《う》かべた行動をきっちりとしてくれるダウバーン国王。その『この者たち』にはアレントの聖王も入っているんですかねぇ。

「【プリズン】」

「ぐげっ⁉」

「ぶはっ⁉」

僕が発動させた結界魔法に弾《はじ》かれて、飛びかかってきたダウバーンの兵士たちがその場に倒れる。

自分たちを包む半透明《はんとうめい》の結界にアレントの聖騎士たちは驚いていたが、うちの騎士や副団長のニコラさんなんかは平然としていた。うん、慣れって怖《こわ》いね。

「ま、とりあえず話した内容をもう一度よく考えて下さいよ。僕たちはこれからザードニアへ向かうんで」

「待てッ⁉　ザードニアとアレントで我が国へ侵攻《しんこう》して来る気かッ⁉」

「アホなことを……。同じ話を向こうにも聞いてもらうだけだよ。下らない小競り合いに力を注ぐよりも、自国に生きる人たちに目を向けてみたらってね」

「ぐぬぬ……！　おのれ若造がッ……！」

真っ赤な顔をしてダウバーンの国王が歯軋《はぎし》りをしながら、手の指をわなわなと動かしている。器用な人だ。

それを見ながら嘆息《たんそく》した聖王陛下が口を開いた。

「ダウバーン国王。ワシもよく考えてみることをお勧《すす》めする。この提案は決してこの国に害を与えるものではない。のちにそなたが賢王《けんおう》と呼ばれるか愚王と呼ばれるか……。その岐路《きろ》に立っていると思われよ」

立ち上がった僕《ぼく》らはそのままその部屋を後にした。【プリズン】が阻《はば》むのは敵意を持った人間とゴレムだけだ。扉もなんなく通過できる。

部屋を出る際、グレン将軍に頭を下げられた。この国にだってまともな人もちゃんといる。無益な戦いにはいい加減終止符《しゅうしふ》を打つべきだ。

ゴレム馬車が停《と》まっているところまで僕らが戻ると、後ろから誰《だれ》かが駆けてくる足音がした。

「待って下さい！」

てっきり追手かと思っていたら、国王の横にいた褐色肌《かっしょくはだ》の王子様だった。その後ろにはグレン将軍の姿もある。

「なにか？」

「どうか父の無礼をお許し下さい。その上でお願いします。ザードニアに行くのであれば、私も同行させて下さい！」

「え？」

突然の申し出に僕は横にいた聖王陛下と顔を見合わせてしまった。ダウバーンからすればザードニアはまぎれもない敵国。そんなところへ何をしに行こうというのか。

「アキーム王子。我々はザードニアへ先ほどと同じ話をしにいくのだぞ。向こうもこちらと同じような反応をすることも考えられる。そこへダウバーンの王子であるそなたが同行するというのか？」

「わかっております、聖王陛下。しかし私はこの争いを止めたい。そのためには相手をよく知らねばならないのです。ザードニアの中にも私と同じように争いを止めたいと思っている者が必ずいるはず。その者との繋がりを作っておきたいのです」

へえ。あの国王様に比べたらだいぶまともだな。後ろにいるグレンに視線を向けると、彼も小さく頷いている。どうやら本気のようだ。

「連れていって王子誘拐《ゆうかい》とか言われませんかね？」

「今さらそこを気にするのか？　たった今この国の国王に宣戦布告をされたようなものだろうに」

聖王陛下が呆《あき》れたような声を漏《も》らす。それもそうか。別にこの国と平和的なお付き合いをするつもりはないもんな。今のところ。どちらかと言うとケンカ売られてるし。

「じゃあいいか。グレン将軍も王子の護衛としてついてきてもらえますか？　まあ、絶対に危害は加えさせないけど」

「自分でよければ喜んで」

よし。じゃあ変な横槍《よこやり》が入らないうちにゴレム馬車ごと転移してしまおう。僕は指を鳴らして関係者全ての足下に【ゲート】を開いた。

軽い浮遊《ふゆう》感のあとに現れたのは、数時間前に見た砂漠と同じような、見渡《みわた》す限りの雪原であった。どこまでも真っ白な輝きが僕らの視界を………って、寒っ！

あまりの寒さに慌ててみんなに温暖魔法【ウォーミング】を発動する。

灼熱から一転、極寒へ。とりあえずザードニアには何日か前に連絡《れんらく》がいってるはずなので、さっさとゴレム馬車に乗ってえっちらおっちら氷都ザードへと向かいますか。

◇　◇　◇

「ぐへぇ⁉」

琥珀の口から放たれた衝撃波で、禿頭《とくとう》の将軍は後方へと吹っ飛んだ。

ここまでおんなじ反応されると、案外この二国って仲良くやっていけるんじゃないかと思ってしまうな。

「成り上がりの若造が！　我がザードニアに楯突《たてつ》くか！」

痩《や》せぎすのザードニア国王が怒鳴り散らす。白髪《しらが》にチョビ髭を生やし、青と銀で刺繍された厚手のマント、腰には細身のレイピアを差している。

その横で苦い顔をしているのはこれまたザードニアの王子様。父親と同じく青と銀のマントをまとった、白皙《はくせき》の青年だ。銀髪《ぎんぱつ》に切れ長の瞳《ひとみ》と、パナシェス王国のカボチャパンツの王子様とは別の方向でまんま王子様だな。

この会議室まで僕らを案内してくれたのはこのフロスト王子だ。

ダウバーンの王子だと紹介したアキーム王子にも嫌な顔ひとつせず握手《あくしゅ》をした好青年である。その横にいたグレン将軍は驚いていたが。

会議室までの道すがらその理由を聞いてみたが、こちらもアキーム王子と同じで、疲弊していく自国をどうにかしなければと考えていたらしい。

ダウバーンとの争いに終止符を打つべきだと父王に提言しても全く聞き入れてもらえず、いつも怒鳴り合いの喧嘩《けんか》になるそうだ。

そんな親子だから、苦い顔をしているのもよくわかる。仲を取り持ちましょうかと来ている、よその国王に飛びかかっていく自国の将軍に、罵る父王だ。そりゃ顔の一つも歪《ゆが》ませたくなるよね。

「父上！　ダウバーンと和解するべきです！　戦争を望んでいるのは古い貴族たちだけではありませんか！　下らないプライドのために民《たみ》は飢《う》え、傷つき、凍《こご》えています！　ダウバーンに勝ったとしても、このままではザードニアはいずれ滅ぶ！」

「馬鹿をいえ！　お前にはザードニアの王子としての誇《ほこ》りはないのか！　ご先祖様に申し訳ないとは思わんのか！」

「ブリュンヒルド公王の話が本当なら、そのご先祖様のせいで国民はこんなにも苦しい生活を強《し》いられているんだ！　父上こそ国民に申し訳ないと思わないのか！」

「貴様あっ！　あのようなでまかせに騙されおって！」

うおう。すごい親子喧嘩だ。あと、でまかせじゃないからな？

ダウバーン同様、ザードニアの国王も沸点《ふってん》が低いらしく、息子《むすこ》の胸《むな》ぐらを左手で掴《つか》み、拳にした右手を振りかぶる。王子は王子で殴るなら殴れとばかりに目を閉じもしない。

他人が横槍を入れるべきじゃないかもしれないが、黙《だま》って見てるのもな。

「【テレポート】」

「ぬがっ⁉」

目の前の息子が消えたことにより、盛大に拳を空振《からぶ》りしたザードニア国王がたたらを踏む。

　僕らの横に現れたフロスト王子は何が起こったのかわからずキョトンとしていた。

【テレポート】は基本的に自分にしか効果を及《およ》ぼせない魔法《まほう》だが、僕は目に見える範囲《はんい》で激しく動かないものなら、なんとか移動させることができる。ま、短距離《たんきょり》に限られるし、移動できるのはひとつくらいだが。

　たぶん神属覚醒《かくせい》したからだと思う。それ以外に心当たりはないしなあ。

「ザードニアとの交渉も決裂《けつれつ》、か。まあ、こうなるんじゃないかとは思っていたがな」

「いや、まだそうとは……」

　ため息をつく隣の聖王に反論しようとしたが、さすがに無理かな、と自分自身で思ってしまい、声が小さくなる。

「無理だと思うぞ。あの二人の国王は先祖の話が云々《うんぬん》ではなく、個人的に相手を嫌《きら》っておる。若いころからぶつかっていたからな」

　相手の国王を嫌うのと、相手の国自体を嫌うのは別にして考えて欲《ほ》しいよなあ。よっぽど嫌いなんだな。何としても打ち負かしたいってことか。この二人の代になってから小競り合いがかなり増えたらしいし。

　ダウバーンとザードニアは過去何度も衝突《しょうとつ》しているが、中には休戦期というか、争わなかった王たちもいる。仲良くはできないが、国力を衰《おとろ》えさせてまで戦争をする気は無かったのだろう。

ところが今の国王たちはそんなの関係ないとばかりに争っている。ちょっと……いや、かなり問題だよなあ。犬猿《けんえん》の仲ってやつか。

「琥珀と瑠璃《るり》みたいなもんかね」

《我らをアレと一緒にはして欲しくありません》

僕の小さなつぶやきに、琥珀から念話で抗議《こうぎ》が入る。これは失礼。

確かに目の前のヒステリーを起こしているかのようなザードニア国王では話にならんな。やはりここは次世代にシフトすることにしよう。

「アキーム王子、フロスト王子。ダウバーンとザードニアの今後をよく話し合ってみてはどうでしょうか。場所は提供しますよ」

僕の言葉に二人の王子はお互《たが》いに顔を見合わせ、小さく頷いた。

「「ぜひ」」

よし、そうと決まればこんなところに長居は無用だ。展開した【プリズン】に、さっきからガンガンと剣を叩きつけるザードニアの将軍とゴレムたちがウザいしな。うるさい。

「待て！　フロストをどうするつもりだ！　ダウバーンに売り渡すつもりか！」

「父上。父上では交渉にならない。私が新たなザードニアの道を切り開いてみせる」

「勝手は許さんぞ！　お前は私の言うことを黙ってきいていればいいんだ！」

「いつまでも子供扱《あつか》いするな！」

再び怒鳴りあう親子。う－ん、もう成人してる子供にあれこれ指図する親ってのもどうかと思うが、親にとっては子供はいつまでも子供なのかなぁ。

「話にならない。公王陛下、聖王陛下、行きましょう！」

僕らを置いてずんずんと会議室の扉へ向かうフロスト王子。おいおい、こっちも気が短いなぁ。やっぱり親子だな、似てるよ。

「コールディ、お前も付き合え」

「はっ」

扉の前にいた青銀の鎧《よろい》を身につけた男にフロスト王子が声をかける。

眉《まゆ》ひとつ動かさず頭を下げたのはフロスト王子お付きの騎士、コールディさんだ。彼《かれ》も
さっき僕らをここまで案内してくれた。

寡黙《かもく》そうな四十前のおじさん……いやおじさまって感じだけど、アキーム王子に付いてきたグレン将軍が言うには、『ザードニアの氷剣』と呼ばれるほどの剣の使い手らしい。

国王よりも王子に忠誠を誓《ちか》っている感があるよな、この人。

騎士コールディを連れて部屋を出ていくフロスト王子。

僕らもフロスト王子を追いかけて会議室を出て行く。追いかけてこられると面倒《めんどう》なので、会議室を出てすぐに僕らの【プリズン】を解除し、逆に室内を【プリズン】で囲んだ。

防御壁《ぼうぎょへき》にも牢獄《ろうごく》にもなるのがこの魔法の便利なところだ。

青白い障壁《しょうへき》に阻まれて、ザードニアのゴレムたちは弾《はじ》き飛ばされ、室内から出てこられない。十分ほどで解除されるからおとなしくしてなよ。

後ろを振り返りながら、アキーム王子がフロスト王子に声をかける。

「いいんですか、あれ」

「いいんです。父上は『ダウバーン国王憎し』という極《きわ》めて個人的な感情で国を動かしています。それじゃダメなんだ。誰も幸せになれない」

並んで歩くフロスト王子の言葉にアキーム王子がふっ、と笑った。

「なにかおかしいですか？」

少し、むっとした顔で睨むフロスト王子にアキーム王子が慌てて手を横に振る。

「いえ、すみません。うちと同じだな、と思いまして。私の父上も『ザードニア国王憎し』が原動力のような人で」

「そうでしたか……。お互い苦労しますね」

そう言って二人とも笑った。親同士は犬猿の仲だけどその息子たちは仲良くなれそうだな。

かといって、彼らが王位につくまで今の状況を放置というわけにもいくまい。

ゴレム馬車が停まっているところまで戻ってくると聖王陛下が声をかけてきた。

「場所を提供すると先ほど言っていたが、ブリュンヒルドへ連れていくのか？」

「そうですね。それが一番楽かな、と。ダウバーンもザードニアも向こうなら手を出せないから安全ですし。遊戯室《ゆうぎしつ》とか解放するんで仲良くなってもらえれば……」

「すまん、ブリュンヒルド公王。それならばひとつ頼みがあるのだが……」

アレントの聖王にゴニョゴニョと耳打ちされ、このじいさんのちゃっかりさに少々呆れる。いや、国王たるものそれぐらいじゃないと務まらないのかもしれないが。

◇　◇　◇

「このクッキー美味《おい》しい！　アリアお姉様、食べてみて！」

「はしたないわよ、レティ。……あら、本当に美味しいわね」

ルーお手製のクッキーを食べて顔を綻《ほころ》ばせているのはアリアティ・ティス・アレントと、レティシア・ティス・アレントの姉妹。聖王ガラウド・ゼス・アレントの孫娘《まごむすめ》たちだ。

姉のアリアことアリアティは十八、妹のレティことレティシアは十七歳。彼女《かのじょ》たちの父親が聖王陛下の息子であり、現王太子に当たる。

姉のアリアはゆるふわの金髪《きんぱつ》ウェーブにおっとりとした気質で、薄《うす》いグリーンのドレスを着込んでいた。

首に輝《かがや》く真珠《しんじゅ》のネックレスに目をやると、その下のなかなかに立派なものに視線がいってしまいそうになるが、エルゼたちがいる手前、自制せざるを得ない。……かなり大きいよな……。

逆に慎《つつ》ましやかなレティの方は、金髪ショートの活発系妹といった感じだ。薄いピンクのドレス姿だが、姉よりスカートが短く動きやすくなっている。姉と比べると落ちつきがない。いろんなものに興味を示し、好奇心《こうきしん》でいっぱいのようだ。

聖王陛下の頼《たの》みというのがアキーム王子とフロスト王子に加え、この孫娘二人をブリュンヒルドへ招待することだった。

以前二世界会議をした時に、ここでの見たこともない料理や娯楽施設《ごらくしせつ》などを聖王陛下が話したら、二人ともかなり興味を持ってしまったらしい。

機会があれば連れていってくれと常々頼まれていたようだ。

もちろん、聖王陛下も単に孫可愛《かわい》さに頼み込んできたわけじゃない。

幸い、といったらアレなのだが、アキーム王子もフロスト王子も婚約者《こんやくしゃ》がいない。いや、『婚約者を勝手に決められた』ので反発し、大喧嘩《おおげんか》して破棄《はき》させたのだそうだ。どちらの王子もである。どんだけ親子喧嘩が好きなのか。

「アリアティ王女、こちらの『くりぃむそうだ』も美味しいですよ」

「まあ！　なんて冷たくて甘《あま》いのかしら……！」

「レティシア王女、それはなんですか？」

「えっとね、『ちょこれいと』だって。少し苦いけどこれも美味しいよ！」

四人は丸いテーブルに腰掛け、中央に置かれたお菓子《かし》と飲み物を堪能《たんのう》している。ずいぶんと打ち解けたな。

それを横目で眺《なが》めながら、別テーブルで僕らはお茶を飲む。正面にはご機嫌《きげん》な聖王陛下だ。

「なーんか、聖王陛下の都合のいいように動かされた感じですね」

「悪くはあるまい？　うまくいけばダウバーン、ザードニア、アレントの関係が丸く収まるかもしれんぞ?」

食えないじいさんだ。確かに悪くない手ではあるけれど、こういうのはお互いの気持ちが大事だからなあ。

「アキーム王子はレティシア王女を気に入っているように見えますな」

「フロスト王子もアリアティ王女を好ましく思っているご様子。あれほど楽しげな王子は久しぶりだ」

聖王陛下の左右にいるグレン将軍と騎士コールディが向こうのテーブルの様子を窺《うかが》いながらお茶を飲んでいる。

フロスト王子はアリアティ王女、アキーム王子はレティシア王女か。被らなくて良かったよ。恋愛《れんあい》関係で父親同士みたいに険悪になったら目も当てられん。

「ふふーん。なかなか面白《おもしろ》いのよ。一目惚《ひとめぼ》れではないけれど、淡《あわ》い恋心《こいごころ》が芽生えつつあるのよ。気が付けばいつの間にか……ってパターンなのよ、これは」

「っ、忘れてた……」

不意に聞こえてきた声に思わず頭を抱《かか》える。横目で確認《かくにん》すると、ニンマリした花恋姉さんと目が合った。

こんな話をしたら花恋姉さんが現れるに決まってるじゃないか。猫《ねこ》にマタタビ、蛾《が》に誘《ゆう》蛾灯《がとう》、花恋姉さんに恋愛話《れんあい》だ。

「猫や蛾と一緒にするんじゃないのよっ」

「あいたっ！」

花恋姉さんのチョップが僕の頭上に落ちる。心を読むな！

頭を押《お》さえる僕を残して鼻唄《はなうた》混じりに花恋姉さんが四人のテーブルに近づいていく。あ、こりゃターゲットロックされたな。花恋姉さんが絡《から》んだ以上、ヌルい関係のまま終わることはないぞ。恋愛成就《じょうじゅ》か失恋《しつれん》か、二つに一つだ。

まあ、あの姉さんだからうまくやるだろ。それよりも。

「王子《こっち》の方はまあいいとして、親《あっち》の方はどうしましょうかね」

「一番楽なのは今すぐあの王子二人に王位を継《つ》いでもらうことだが……」

聖王陛下が言葉を紡《つむ》ぐが、さすがにそれは難しいと思う。あの二国王がそう簡単に王位を譲《ゆず》るわけがない。下手すると死ぬまで……いや、その前に王子たちを廃嫡《はいちゃく》とかもありえるぞ。

「ダウバーンもザードニアも王子は彼ら一人だけだからさすがにそれはない……と思うが、後継者《こうけいしゃ》不適格ということで王家の系譜《けいふ》に連なる別の者を立てることはよくあるからな」

腕《うで》を組んで聖王陛下が唸《うな》る。あの二人もさすがにそこまで馬鹿《ばか》ではないと思いたいが。

「その前に実権を王子たちが握《にぎ》るとか……っと、すいません。こういった話はグレンさんとコールディさんの前ではまずかったかな」

「いえ。私もダウバーンを王子が変えてくれると信じていますので。実際、ザードニアと覇権《はけん》を争うべし、と息巻いているのは国王陛下と古い上級貴族の一部なのですよ。下級貴族や民たちはもうウンザリしています。かつてはザードニアに親や子を殺され、その恨《うら》みや憎《にく》しみで戦っていましたが、今やその恨みは戦いを強いる自分たちの国に向きつつあります。聖王国へ逃《に》げ出す者も後を絶ちませんし……」

グレンさんが苦笑交じりに語りながら視線を手元のカップに落とす。

それを見てコールディさんも口を開いた。

「我《わ》がザードニアも同じだ。そもそも勝ったところでダウバーンの地では我らは生きてはいけまい。なら、何のために戦っているのか。一歩外の国へ向かえば自国よりも過ごしやすい気候に平和な地。疲《つか》れた民がアレントへ向かうのも致《いた》し方《かた》ない」

「我が国とて進んで受け入れているわけではないぞ？　そちらから流れてきて、食うに困り、我が国で山賊《さんぞく》などになった輩《やから》も多い。はっきりいって迷惑《めいわく》だ。特に現国王の代になってからは酷《ひど》い」

アレントからすればあんな二国なくなればいいのに、と思うよなあ。だけどなくなった

らなくなったで、枷《かせ》を外された流民が一気にアレントへ雪崩《なだ》れ込んでくるかもしれない。難しいところだよね。

「ってことは二国の国民からすれば、現国王が退位しても問題はない……いや、むしろ早く退位してほしい？」

「平民出の自分からすれば、まあアキーム王子の方が嬉《うれ》しいですな」

「国のことを考えるならば、今すぐにフロスト王子が即位《そくい》した方が望ましい」

グレンさんは濁《にご》して、コールディさんはキッパリと言い放った。

こりゃクーデターでも起こすか？　いや、さすがにそれはまずいよな。武力による政権交代はいろんな歪みを生む。

さて、どうしたもんか……。

花恋姉さんに話題を振られ、楽しげに語る男女四人を見ながらため息をつく。ダウバーンとザードニアの国王たちもあんな風に仲良くなれないもんかねえ。

「やっぱり『拉致《らち》って吊《つ》り橋《ばし》効果』しかないか……？」

「なんかわからんが、物騒《ぶっそう》な響《ひび》きを感じるな……」

僕のつぶやきに聖王陛下がなんか引いてるが、気にしないでおこう。

博士に頼んで用意してもらって……確か使えるのが『蔵《くら》』にあったよな……。うん、いけるかも。くくく、ちょっと楽しくなってきたぞ。

「悪い顔になってるでござる……」

「いつものことじゃない」

「平常運転ですね」

隣《となり》のテーブルにいた八重とエルゼ、ヒルダの声が聞こえてきた。いや、散々小国風情とか成り上がりとか、馬鹿にされたからさぁ。少しくらい意趣《いしゅ》返ししてもいいよね？　ね？

◇◇◇

ダウバーン国王、ジャハラデ・ビーア・ダウバーンが目覚めると真っ白な部屋の中にいた。

まったく見覚えがない部屋だ。天井《てんじょう》がボンヤリと光っている。昨夜は怒《いか》りが収まらず、かなりの酒を飲み、寝《ね》てしまったはずだとおぼろげな記憶《きおく》を手繰《たぐ》り寄《よ》せる。

「どうなっておるのだ……！」

部屋はほぼ正方形の形で、扉が一つだけある。しかし扉には取っ手らしきものがなにもなく、押しても開かない。横にスライドするかと思い試《ため》して見るが、それもダメだった。閉じこめられている。その考えに至った時に、ダウバーン国王の脳裏《のうり》には黒幕はザードニアだという根拠《こんきょ》のない確信が浮かんだ。

ダウバーンの国王である自分を狙《ねら》うなどザードニアしかいない。きっとあの望月某《なにがし》とかいう不思議な魔法を使う小僧《こぞう》を取り込み、自分を拉致させたのだ。息子であるアキームを連れ去り、その次は自分かと、怒りに扉を蹴《け》り飛ばした。

「おい！　ここから出せ！　寝込みを襲《おそ》うとは恥知《はじし》らずめが！　正々堂々と戦え！」

怒鳴《どな》りつけるがどこからも返事はない。扉《とびら》の反対側から走り、体当たりを食《く》らわすが、一向に開く気配はなかった。

「くそっ！　ワシを誰だと思っている！」

呼吸を荒《あら》くして扉を蹴り続けるが、やはりなんの反応もない。

ダウバーン国王があらためて部屋を確認してみると、四隅《よすみ》の床《ゆか》になにやら手のひらサイズの四角いボタンのようなものを発見した。

彼は思い切ってそれを踏《ふ》んでみたが、なにも起こらなかった。他のボタンも同じように踏んでみたがやはりなにも起こらない。順番を変えて踏んでみるがそれでもやはりなにも起こらなかった。

部屋の隅《すみ》を行ったり来たり、とうとう疲れて床に座るダウバーン国王。すると突然、床《ゆか》下《した》からガコンという振動《しんどう》がして、扉のある壁《かべ》に対して左にあった壁面《へきめん》が、ゆっくりと下へと沈《しず》んでいく。

ズズズズズ……と下がっていく白い壁の向こうには、同じような立方体の白い部屋が広がっていた。つまり二つの立方体の部屋が並んでいたのだ。

そしてそこにはダウバーン国王と同じようにこちらを見て驚《おどろ》き、目と口を間抜《まぬ》けに開けている男がひとり。

「貴様はッ！」

ダウバーン国王が思わず叫《さけ》び、立ち上がる。目の前にいるのは憎っくき敵国の王。ザードニア国王、ジュナス・レム・ザードニアだった。

向こうも立ち上がり、こちらを指差し険しい顔をして、なにやら叫んでいる。

悪口に違《ちが》いないと思い込んだダウバーン国王は、対面するザードニア国王へと向かい、拳《こぶし》を握りしめて走り出した。

それを見た向こうも受けて立つとばかりに同じように拳を振りかぶって床を蹴る。

二人とも『なぜ相手の声が聞こえないのか』という初歩的な疑問が吹き飛んでいた。

結果。

「がっ⁉」

「ぐげっ⁉」

お互いに部屋の境目にあった強化ガラスに、正面から激突《げきとつ》した。全力で走っていたためにそのダメージは計りしれない。

「うぎぎぎぎ……」

「くおおおお……」

お互いに顔面から突っ込んだため、顔を押さえながら部屋の中をのたうち回る。

その悶絶《もんぜつ》する二人の様子を別室で眺めるとある人物たちがいた。

◇　◇　◇

「……冬夜君。この二人は馬鹿なのか？」

「まあ、否定はしない」

モニターに映る二人を見ながら、呆れるバビロン博士に僕はそう返した。どう見ても利口には見えないしな。

顔面の痛みがおさまると、今度はガラス越《ご》しに相手を罵《のの》り始めた。相手側には全く聞こえていないはずなのだが、

「この卑怯者《ひきょうもの》め！　正面からでは勝てぬからとワシを攫《さら》うとは見下げ果てた奴《やつ》だ！」

「この卑怯者め！　正面からでは勝てぬからとワシを攫うとは見下げ果てた奴だ！」

「どうせあの小国の小僧に頼んだのだろう。情けない奴め！　自分でなんとかしようとは思わんのか！」

「どうせあの小国の小僧に頼んだのだろう。情けない奴め！　自分でなんとかしようとは思わんのか！」

「貴様のような馬鹿が王だとは呆れて物が言えん！　ザードニアもお前の代でお終《しま》いだな！」

「貴様のような馬鹿が王だとは呆れて物が言えん！　ダウバーンもお前の代でお終いだな！」

なんでこうもシンクロしているんだろう。実は双子《ふたご》とか？

「冬夜君、本当にこの二人に協力させるなんてことができるのかい？　猿《さる》に社交ダンスを

覚えさせるほうがよっぽど楽な気がしてきたんだが」

「なに、猿だって命の危険が迫《せま》れば犬とだって手を組むさ。ま、見てろって」

僕はモニターの中で未《いま》だに相手を罵り続ける二人を見てほくそ笑《え》んだ。

◇　◇　◇

喉《のど》がカラカラになるほどに目の前の男を罵倒《ばとう》し続けて一時間あまり、やっとダウバーン国王は虚《むな》しさを感じてきた。

いくら罵っても相手に声が届いていなければ無意味だ。しかし、相手がこちらを見てなにやら罵っていると思うとやはり腹が立つ。

そもそも向こうも閉じ込められているようだ。だとしたら自分を拉致したのはザードニアではないのか？　と、やっとそのことに疑問を持った。遅《おそ》すぎるが。

くるりと視線を自分の部屋へ巡《めぐ》らせると、先ほどの四隅にあったボタンのひとつが点滅《てんめつ》していた。

不思議に思い、踏んでみるがやはりなにも起こらない。点滅は続いている。何度も踏む。なにも起こらない。

ふとザードニア国王の部屋を見ると、向こうも同じように自分の部屋の隅へ移動し、点滅するボタンを首を傾《かし》げて見ていた。

ザードニア国王がボタンを踏む。しかしなにも起こらない。ダウバーン国王と同じように彼も何度も踏んでいた。

なんとなく張り合ってみたのか、ダウバーン国王がザードニア国王と同じタイミングでボタンを踏んだ瞬間《しゅんかん》、部屋の扉がズズズっと少しだけ上に上がり、床との間に十センチほどの隙間《すきま》ができた。

「おおっ⁉」

ダウバーン国王が扉へと駆《か》け寄り、隙間に指を入れて扉を持ち上げようとするが、それ以上ビクとも動かなかった。

「ぬ、く……ふおおおお！」

数分の間、扉と格闘《かくとう》し、ダウバーン国王はこれは無理だとやっと悟《さと》る。

ふと横を見ると、向こうの扉も少しだけ開いたらしい。ザードニア国王も扉との隙間に指を入れて必死の形相で持ち上げようとしていた。

「馬鹿め、無駄《むだ》な努力を」

それを見てダウバーン国王が嗤《わら》う。まるっきりブーメランな言葉なのだが、彼は気付かない。

ふと、ザードニア国王が何かに気付く。訝《いぶか》しげにダウバーン国王がガラス越しにそれを見ていると、彼の部屋の別のボタンがまたしても点滅しているようだった。

もしや、と思い、自分の部屋の方を振《ふ》り返《かえ》ると、同じようにこちらも部屋の隅にあったボタンが点滅している。

駆け寄ったダウバーン国王がそのボタンを踏む。なにも起こらない。しかし何回か踏むと扉がまた少しだけ上に上がった。

見るとガラスの向こうでザードニア国王も点滅したボタンを押していた。

「向こうの部屋のボタンと同時に押さなければ開かないのか？」

次だ、とでも言うように、三つ目のボタンが点滅する。

ダウバーン国王とザードニア国王は、ガラス越しに互いを睨《にら》みながら点滅するボタンのところまで移動する。そしてお互い同時に床のボタンを踏んだ。

扉がまたしても少しだけ上がる。間違《まちが》いない、と二人とも確信しながら、最後のボタンのところに行き、同時にそれも踏む。

ゴゴゴゴゴ……と、扉が完全に開く。

「ちっ、あっちも開いたか。面白くない」

これではまるでザードニア国王が脱出《だっしゅつ》するのを手伝ってやったみたいではないか、とダウバーン国王は舌打ちをする。ちなみに同じことをザードニア国王側でもつぶやいていた。

扉の奥《おく》は同じような白い壁の通路になっていて、真《ま》っ直《す》ぐに伸《の》びている。

ダウバーン国王が警戒《けいかい》しながらその通路を進むと、やがて上へと登る階段が見えてきた。

階段の先には光が見える。あれは魔《ま》光石《こうせき》などの光ではない。自然光だ。どうやら先ほどまでいた部屋は地下であったらしい。

彼が一気に階段を駆け上がると、そこは見たこともない砂浜《すなはま》であった。美しい海がどこまでも広がっている。絶対にダウバーンでもザードニアでもない。

「ここは……どこだ?」

不意に聞こえた自分の声ではない声にハッとして横を向く。そこには同じように呆然《ぼうぜん》とたたずむザードニア国王の姿があった。

「貴様っ!」

「この野郎《やろう》!」

二人とも同時に駆け出し、お互いの胸倉《むなぐら》を掴んで殴《なぐ》りつける。砂浜をゴロゴロと転がりながら、マウントを取って殴り、取り返されて殴られ、犬の喧嘩のようにガルルルル、と唸りながらもみくちゃになって殴り合いを続けた。

「息子を返せ、この卑怯者！」

「貴様の馬鹿息子《ばかむすこ》など知らんわ！　そっちこそ我が息子を返せ！　盗人《ぬすびと》が！」

「なにを抜《ぬ》かす！　盗人の子孫はお前らだろうが！」

「ふざけるな！　捏造国《ねつぞう》が偉《えら》そうに！」

お互いの顔を引っ張りながら、罵り合いを繰《く》り返す。一国の王とはとても思えぬ醜《みにく》い争いがそこにはあった。

「っ、ちょ、ちょっと待て！」

「うるさい！　今さら謝《あやま》っても遅いぞ！」

「違う！　あれを見ろ！」

顔をボコボコに腫《は》らしたザードニア国王が、同じようにボコボコ顔のダウバーン国王の背後を指差した。

「そんな手に乗るか！」

「ぶっ⁉」

気をそらせるための嘘《うそ》と思ったダウバーン国王の右ストレートがザードニア国王にクリ

ーンヒットする。

吹《ふ》っ飛《と》んだザードニア国王に気を良くしたダウバーン国王が振り返ると、そこにはパラソルを広げた下でビーチチェアに横たわるブリュンヒルド公王の姿があった。

サングラスにアロハシャツ、手にはトロピカルドリンクと非常にリラックスした姿を晒《さら》している。傍《かたわ》らには白い子虎《ことら》が付《つ》き添《そ》っていた。

「な……ッ！」

「だから見ろと言ったろうが！」

「ぐべっ⁉」

バカンス気分の公王に驚いていたダウバーン国王の背後から、ザードニア国王が全力のドロップキックをぶちかます。吹っ飛んだダウバーン国王が砂浜に顔面を打ち付けた。

「醜いねえ、琥珀。ああはなりたくないもんだ」

『まったくです、主《あるじ》』

「「言わせておけば、この若造が！」」

馬鹿にされたと感じた二国の王が、冬夜目指してまっすぐに砂浜を猛《もう》ダッシュで突《つ》き進《すす》む。が、バキョッ、という音とともに、砂浜が突然窪《とつぜんくぼ》み、二人は大量の砂と一緒《いっしょ》に落下していった。落とし穴である。

薄いベニヤのような板の上に砂を被《かぶ》せただけの、たわいのないトラップにあっさりと二人は引っかかった。深さは二メートルほどだし、下にはスライムクッションを敷《し》き詰《つ》めているので、怪我《けが》をすることはない。きちんと横の砂も崩《くず》れないように固定してあった。

「状況《じょうきょう》をちゃんと判断しないと痛い目を見るよ。って、もう見たか」

「ふざけおって！　貴様、ワシを誰《だれ》だと思っておる！」

「おのれ、このような罠《わな》を仕《し》掛けるとは！　一体なにが目的だ！」

「教えない」

ニヤァッと悪魔《あくま》のような笑みを見せて、ブリュンヒルドの公王がその場から消える。彼の行動はお互いに敵意を向ける相手を第三者である自分に向けようとしてのものだが、多少の個人的意趣返しも含《ふく》まれていることは否《いな》めない。

お互いに足を引っ張りあうので、何度も転げ落ち、砂まみれになりながら二人の国王はやっと穴の中から砂浜へと這《は》い出《で》てきた。

「くそっ、あの小僧は悪魔か！」

「お、おい、なんだこの振動は？」

冬夜を罵っていたザードニア国王が、ダウバーン国王の声で、地面が小刻みに揺《ゆ》れていることに気付く。くるりと後ろを振り向くと、砂浜の彼方《かなた》から、巨大《きょだい》な黒蛇《くろへび》を巻いた、さらに巨大な大亀《おおがめ》がこちらに向かってくるところだった。

『ゴガァァァアアァァァァァッ！』

「「げえっ⁉」」

鼻水を流しながら飛び上がった二人は、もつれ合って我先にとその場から逃げ出した。

大亀はドシンドシンと二人を踏み潰《つぶ》さんばかりに追いかけてくる。

動きはノロいが一歩一歩が大きく、全力で走らないと追いつかれてしまう。二人の国王は力の限り砂浜を駆け抜けた。

『主《あるじ》も神獣使《しんじゅう》いが荒いの』

『ま、あとでご馳走《ちそう》くれるって言ってたしぃ、頑張《がんば》りましょ、珊瑚《さんご》ちゃん』

『だの。できればしょーとけーきがいいのう』

『アタシはぷりんがいいわぁ』

追いつけそうで追いつかないスピードを保持したまま、珊瑚と黒曜は二人の国王を追いかけ回す。喧嘩《けんか》する気力もなくすために。

「こ、ここは、いったい、どこなんだ……」

ゼェゼェと息を切らし、太陽の沈む夕暮れの砂浜で大の字に寝転《ねころ》びながらダウバーン国王がつぶやいた。

隣に寝転んでいたザードニア国王が面倒くさそうに口を開く。

「ワシが、知るか……」

「貴様にっ、聞い、たっ、わけではないわ！」

「やるか、この……っ！」

上半身を起こして相手を睨みつけた二人だったが、すぐさまバタンと再び倒《たお》れてしまう。もはや取っ組み合う気力もないらしい。

「腹が減った……」

奇《く》しくも同時に同じことをつぶやき、首だけを持ち上げて相手を睨むが、やがてフン、とばかりに反対の方向を向いてしまう。

そのうち空腹よりも強い眠気《ねむけ》が襲ってきて、二人は寝てしまった。隣に敵国の王がいるのに眠《ねむ》るなんてことは、さすがの二人でも普通《ふつう》はしない。それだけ疲れていたということでもあるが、これは誰かさんが眠りの魔法《まほう》を使ったことによるものだ。

グースカ寝る二人の下へ少年と子虎の影《かげ》が伸びる。

『あっさりと寝てしまいましたな』

「裏世界《むこう》の人たちは魔法による抵抗力《ていこうりょく》が低いからね。さて、第二ステージを始めるか」

冬夜が【ストレージ】からじゃらりと鎖《くさり》のついた足枷《あしかせ》を取り出して、口笛を吹きながらガシャンガシャンと二人の足に嵌《は》めていく。

『……楽しそうですね、主』

「いやいや〜。これも二人に仲良くなってほしいと思うからこそ。楽しくなんてないですよ？　いやはや、憎まれ役《やく》は辛《つら》いなあ」

ジト目で見てくる己《おのれ》の召喚獣《しょうかんじゅう》の言葉を軽くいなして、冬夜は寝こける二人へ向けて魔力《まりょく》を集中させた。

「【闇《やみ》よ縛《しば》れ、この者の罪に罰《ばっ》を与《あた》えよ、ギルティカース】」

発動させたのは『呪《のろ》い』の魔法。おどろおどろしいが、簡単にいうと制約の魔法である。かけた相手に厳しい制約と罰を与える魔法。使い方によっては命を奪《うば》うこともできる、古代魔法であり、現代の禁忌魔法《きんきまほう》であった。

『そこまでやりますか……』

「細工は流々、仕上げを御覧《ごろう》じろってね」

呆《あき》れた声を漏《も》らす従者に小公国の王は小さく笑った。

◇◇◇

朝日に目が醒《さ》めると砂浜、ということがダウバーン国王を現実へと引《ひ》き戻《もど》した。やはりあの一連の出来事は夢ではなかったらしい。

昨日一日中走り回り、軋《きし》む身体を起こして立ち上がろうとしたとき、ジャラッという金属音とともに右足に違和感《いわかん》を覚えた。

「なんだこれは……」

右足には足枷がつけられ、五十センチほどの短い鎖が伸びている。そしてその先には砂浜に眠るザードニア国王がいた。

右足を引き、鎖をピンと伸ばしてみるとそれはザードニア国王の左足に繋《つな》がっている。

「ぬ……？」

左足を引かれたザードニア国王が寝ぼけ眼《まなこ》で起き上がり、傍《かたわ》らに立つダウバーン国王を見上げて顔をしかめ、それから己の左足に繋がれている足枷へと視線を向けた。

やおらザードニア国王は立ち上がり、険しい顔をダウバーン国王へ向ける。

「貴様、どういうつもりだ！」

「ワシが知るか！」

お互《たが》いに胸倉を掴《つか》んで怒鳴り合う。もちろんさすがの二人もこれが相手のしたことだとは思ってはいない。単に苛立《いらだ》ちをぶつける相手が欲《ほ》しかっただけで。

「四六時中貴様と一緒にいろというのか⁉　吐《は》き気《け》がするわ！」

「それはこっちのセリフだ！　嫌《いや》なら海で溺《おぼ》れてさっさと死ね！」

「お前が死ね！」

子供のような言い争いのあと、またしても取っ組み合いが始まる。

先にマウントを取ったダウバーン国王の拳がザードニア国王の顔面を打《う》ち据《す》えたとき、不思議なことに、逆に拳を放ったダウバーン国王の方が吹っ飛んだ。

「ぐべっ⁉」

わけがわからずキョトンとしていたザードニア国王だったが、足元に転がるダウバーン国王を見てチャンスと感じたのか、お返しとばかりに鎖の付いていない右足で相手のその腹を蹴り上げた。

「ぐぇふっ⁉」

蹴った瞬間、逆にザードニア国王の方が腹を押さえて倒れた。まるで誰かに蹴られたような痛みが襲ったのだ。

「ぐおおお……」

うずくまるザードニア国王を見て、ダウバーン国王は恐《おそ》ろしい想像に至る。まさか、と思いつつ、腹を抱えているザードニア国王の背中を蹴り飛ばすと、自分の背中に蹴られたような痛みが走り、前のめりにぶっ倒れた。

「うぎぎ……」

間違いない、と彼《かれ》は確信を持つ。理由はわからないが、ザードニア国王のダメージが自分に戻ってきている。

倒れた自分に再び攻撃《こうげき》をしようとしていたザードニア国王を、ダウバーン国王は手をかざして止めに入った。

「やめろ！　ワシを攻撃すれば自分に返ってくるぞ！」

「なにをわからんことを、ぶげっ⁉」

ザードニア国王の放った蹴りがダウバーン国王の首筋に炸裂《さくれつ》した瞬間、蹴りを放った方の彼が横倒《よこだお》しにぶっ倒れた。

「馬鹿め。親切に教えてやったものを」

「ぐおおお……なにがどうなって……！」

「わからんが、あの小僧の仕業《しわざ》に違いない。お前を殴るとその痛みはワシにくる。逆にお前がワシを殴ればその痛みはお前にいく。妙《みょう》な魔法を使いおって……！」

ダウバーン国王は手で自分の頬《ほお》を叩《たた》いたり、触《さわ》ったりしている。感覚はある。向こうはなにも感じていないようだ。

一定の痛みを超《こ》えると相手に送られるのか？　と、彼は拳を握り、自分の頬目掛《めが》けて殴りつけた。

ガン！　と骨に響く音がして痛みが走る。ふと前を見るとザードニア国王が頬を押さえて呻《うめ》いていた。

「きっ、きっ、貴様！　いきなりなにをする！」

「落ち着け。ちょっとした実験ではないか。やはり殴った痛みは相手にいくよう……痛《い》ッっ!?」

ダウバーン国王の右腕《みぎうで》に激痛が走る。見ると目の前のザードニア国王が、自らの右腕を思いっきりつねっているところだった。

「確かに痛みが飛ぶようだな。いや、これは痛みの感覚を共有しているということなん、ぶふッ!?」

ザードニア国王の右頬に痛烈《つうれつ》な打撃《だげき》痛。ダウバーン国王が自らの右頬をビンタしたのだ。

「なにをするかッ⁉」

「やかましい！　よくもやってくれたな！」

「先にやったのはお前だろうが！」

胸倉を掴み、お互いを殴りつけようとした二人だったが、その拳が寸前で止まる。その直後、なにを思ったか二人とも自分の拳で自分の顔面を殴りつけた。

「「がはッ⁉」」

自分で殴った痛みと相手から飛んできた痛み、二倍の痛みが二人を襲う。

砂浜にぶっ倒れた二人だったが、すぐさま立ち上がり、お互いを睨みつけてから、握った拳を再び自分に振るう。

「こいつめ！　こいつめ！」

「この野郎！　馬鹿野郎《ばかやろう》！」

自分で自分を痛めつける、なんともシュールな光景が朝日に照らされていた。

◇　◇　◇

「……冬夜君、彼らは猿より頭が悪いのか？」

「ちょっと待ってくれ。これは僕《ぼく》にも予想外だ」

博士の心底呆れた声に僕は頭を抱える。

お互い協力せざるをえなくさせるために鎖で繋いだが、相手を傷付けたり、あまつさえ殺してしまっては意味がない。

そこで痛みを共有する『呪い』をかけたのだ。相手を傷付けると自分に返ってくる。相手を殺せば自分も死ぬかもしれない。そんな風にすれば、慎重《しんちょう》によく考えて行動するんじゃないかと。

まさか自分もろとも攻撃するとは。

「だいたい、なんでこの二人は自分を殴ってるんだ？　もうこれなら相手を殴っても同じだろうに」

博士の言う通り、あれだと自分を殴っても痛いし、相手を殴っても自分に痛みが返ってくる。結局同じなら……あ、殴りかかっても躱《かわ》されるかもしれないからかな？　自分を殴れば確実に相手にダメージがいくからな。

意外と考えて……いるようにはまったく見えない……。

僕はモニターの中で自分を殴り続けるいい歳《とし》したオッサンたちを見て、ため息をひとつついた。

◇　◇　◇

「ハァ、ハァ、ハァ……」

「ゼエ、ゼエ、ゼエ……」

全身の痛みに耐《た》えかねて、砂浜に大の字に寝転んだ二人はジリジリと焼け付く太陽を霞《かす》む目で睨んでいた。

寝転んでいるうちに痛みは消えてきた。実は冬夜がこっそりと回復魔法をかけたのだが、二人がそれを知ることはない。

二人の腹から、グゥゥゥゥ……、と盛大な音が鳴った。もうだいぶ前からなにも食べてはいない。いいかげんなにか食べないと空腹で餓死《がし》してしまう。

二人ともゆっくりと身を起こし、立ち上がった。

「海で魚でも捕《つか》まえるか……」

「森で木の実でも探すか……」

お互いボソッとつぶやいてから相手を睨みつけ、フン！　とばかりに顔を背《そむ》ける。

そして背中合わせに、ダウバーン国王は海へ、ザードニア国王は森へ、ずんずん進もうとしてその場にずべしゃっ、とぶっ倒れた。じゃらりと足枷の鎖が音を立てる。

「なにをするかァ────ッ！」

「こっちのセリフだァ────ッ！」

頭をガンッ！　とぶつけあいながら相手を怒鳴りつける。

「貴様、よっぽどワシの邪魔《じゃま》をしたいようだな……！」

「貴様こそ！　だいたい海で魚などそう簡単に捕《と》れると思っているのか⁉」

「フン、これだから年中川の凍《こお》っている国のやつは。ワシはオアシスや川で小さいころから銛《もり》で何匹《なんびき》も魚を仕留《しと》めてきた。ワシの腕前《うでまえ》があれば魚の一匹《ぴき》や二匹……」

「銛だと？　ではその銛はどこにある！」

むぐっ、とダウバーン国王が、ザードニア国王の返しに言葉を詰まらせる。どう見ても辺りに銛など落ちてはいない。

「銛も、竿《さお》も、針も無しでどうやって魚を捕る気だ？　手づかみか？　お前は泳いでいる魚を手づかみで捕れるのか？」

「ぐぬぬ……！」

さすがにダウバーン国王も、手づかみで魚を捕ったことなどない。ザードニア国王の言う通り、道具がなければ魚を捕ることなどできないだろう。向こうの言い分は正しい。

悔《くや》しげに顔を歪《ゆが》ませるダウバーン国王。ザードニア国王はそれを見てさらに追《お》い討《う》ちをかけようとする。

「そもそも魚を捕ったあと、どうやって食う気だ？　そのままかぶりつくのか？　火をおこすのだって楽ではあるまい。手間暇《てまひま》を考えたら木の実や果物、自然に生えている野草などを見つける方がはるかに楽ではないか。これだから年がら年中暑さで頭が茹《ゆだ》っているやつは……」

「ぐぬぬぬぬ……！　だが、森に入ったところで食べられるものが見つかるとは限るまい！　そもそもお前はなにが食べられてなにが食べられないか判断がつくのか⁉」

うぐっ、と今度はザードニア国王が言葉を詰まらせる。王家の生まれである彼にはそんな判断などできない。食事はコックが調理したものを食べるため、素材がどんな形をしていたのかさえわからぬものも多いのだ。果物などならまだわかるのだが。

だがこれはダウバーン国王も一緒であった。実は彼もほとんどわからぬ。お互い世間知らずの王様であった。

「それでよく森へ入ろうだの言えたものだ。下手をすれば毒草を食べてしまうかもしれんぞ。お前が死ぬのは構わんが、小僧の魔法でワシまで道連れはごめんだ」

「木の実や果物ならある程度区別がつく！　行ってみなければわからんだろう！　それともここで飢《う》え死《じ》にするか⁉」

「なにを、この……！」

グウゥウゥウゥ……。

言い返そうとしたダウバーン国王の耳に、自分と相手、二人分の腹の音が聞こえてきた。

黙《だま》り込んだ二人は、フン！　とお互いそっぽを向きつつ、足並みを揃《そろ》えて森の中へと入っていった。

「間違いない。あれはパシモの実だ」

「確かにパシモの実だな。アレント産のを食ったことがある」

森の中を歩いた二人はやっと見つけたそれを見上げていた。大きな木の枝に赤い実がなっている。パシモは比較的《ひかくてき》どこでも採れる果物だ。もっとも灼熱《しゃくねつ》と極寒《ごっかん》の地であるダウバーンとザードニアではさすがに育たないが。

そのパシモの実が美味《うま》そうに色付いて生《な》っている。しかし、取ろうにも高くて手が届かない。

「石を投げるか？」

「バカ言え。あんな小さな実にうまく当たるか。当たったとしても落ちるか怪《あや》しいもんだ」

「となると……」

二人は登りやすそうな太い木を見てから、自分たちの繋がれた足の鎖を見た。

普通なら子供でもなんとか登れそうな木である。しかし二人で同時に、となると難易度が跳《は》ね上がる。

「やるしかなかろう」

「うむ」

グギュルゥゥゥ……と激しく自己主張する腹の音とともに二人はパシモの木へと向かう。なにげにこれが二人で協力しようという初めての行動だったのだが、本人たちは気がついていないようだ。

しっかりとした幹の窪《くぼ》みに足をかけ、手を伸ばしながら木を登っていく。鎖はなぜか重さを感じないので邪魔にはならない。『重さ』に関しては、だが。

「うおっ⁉」

「ぐわっ⁉」

ダウバーン国王が足を滑《すべ》らせて木から落ちた。当然ながら鎖で繋がれたザードニア国王も巻《ま》き添《ぞ》えで落下する。自分の分と相手の分の二倍の落下ダメージが二人を襲《おそ》った。

「気をつけろ！　よく足下《あしもと》を見んか！」

「やかましい！　わかっとるわ！」

文句を言い合いながらもすぐにまた木の幹にしがみつく二人。

「そこだ。そこに足をかけろ」

「一回こっちに回れ。そっちは危ない」

お互い声をかけながら少しずつ木を登っていく。そしてついにパシモの実がなっている枝へと辿《たど》り着《つ》いた。

二人の重さに枝がたわみ、ミシミシという音がしている。大人二人が乗っているのだ。無理もない。

「おい待て、慎重にいけ」

「わかっとるわい。ごちゃごちゃ言うな……」

ダウバーン国王がパシモの実に手を伸ばしかけたとき、バキリと音がして枝が折れ、そのまま二人ごと落下した。

二階ほどの高さから落ちた痛みに悶絶する二人。だが、二人の目の前には折れた枝ごとのパシモの実が四つあった。

両手にひとつずつ手に取り、服で汚《よご》れを拭《ふ》いて、すぐさま皮ごとかぶりつく。シャリッとした歯応《はごた》えのあとに、みずみずしく甘《あま》い味が二人の舌の上に広がった。

「美味い……」

「うむ……」

そのあとは無言でパシモの実を食べ続け、あっと言う間に二人とも二つのパシモの実を食べてしまった。

空腹だったからか、ものすごく美味く感じてしまったのだ。

見上げればその美味そうな実がまだまだ生っている。

「足らんな」

「そうだな」

二人は立ち上がり、またパシモの木へと足を向けた。

◇　◇　◇

「さすがにあれは協力したね」

「でないとわざわざあそこにパシモの木を植《う》え替《か》えた意味がない。あとで枝も回復させないとなあ」

モニターで悪戦苦闘《あくせんくとう》している二人を見ながら博士と僕はため息をつく。ここまで長かったなあ。もうちょい状況を把握《はあく》してもらえるといいんだが。

僕はバビロンの『研究所』、第二ラボの机にある『それ』を見ながら頭をかいた。

机の上には縦三十センチ、横四十センチほどの小さな箱があり、中には島のミニチュアが入っていた。ミニチュアというより、ジオラマなのだが。

実はこれが二人のいる島である。時空魔法と結界魔法を組み合わせ、擬似的《ぎじてき》な世界を作ってあるのだ。

『蔵《くら》』に似たような魔道具《アーティファクト》があり、僕もその中にみんなで閉じ込められたことがある。あのときは大変だった……。

もちろん、安全性は確認《かくにん》しているし、危険なものは入れていない。

誰にも邪魔されずに仲良くなってもらいたいところだが、さて。

「王子たちの方はどうなんだい？」

「問題ない。着々と進んでいる。元から国王と一部の古い貴族たちしか戦争を望んでいなかったんだ。国民の支持は王子たちに傾《かたむ》いているよ」

現在、ダウバーンとザードニアでは国王が行方《ゆくえ》不明ということで、アキーム王子とフロスト王子がそれぞれ国王代行を務めている。

あくまで行方不明ということで、国民には病気と知らせてあるが。もちろん、王子二人には事情を話している。さすがに親を人質《ひとじち》に取るようなものなので反対するかな、と思ったが、割とすんなり受け入れてくれた。

立ち会ったアレントの聖王なんかは、親とはいえ、国民のためにならぬ国王を切り捨てるなんて話はよくあることだと言っていたが、それも怖《こわ》いな。

最悪、国王がどうにかなっても困らないと判断したのかもしれないが……いや、これは僕を信用してくれたと思うことにしよう。うん、その方が建設的だろ。

二人の王子はすぐさま隣国《りんごく》との和平交渉《こうしょう》を行い、休戦を申し出た。戦争の用意をしていた古い貴族たちから非難の声が出たが、王子たちはそれら貴族の弱みなどを握《にぎ》っていたため、彼らはすぐに黙らざるをえなかった。

どうやら王子たちがずいぶんと前から個人で調べていたらしく、古い貴族たちは戦争による武器や防具のピンハネから食糧《しょくりょう》の横流し、戦争をすればするほど自分たちの懐《ふところ》が暖まるようなこともしていたようだ。古い貴族も単に相手国憎し、で戦おうとしてたわけじゃないってことが露見《ろけん》したわけで。

そんな理由でやり合っていたのは王様たち二人だけだったってことなのかね。

裸《はだか》の王様ってのは虚《むな》しいねえ……。僕も気をつけよう。

◇　◇　◇

「ブギーッ！」

「「ウオオオオォォォ!!」」

大きな三本角の猪《いのしし》に追いかけられて、足を鎖で繋がれた髭面《ひげづら》の二人が全力で森を駆け抜ける。事前に走りやすい道を作っておいたため、追いつかれる前に『その場所』に辿り着くことができた。狙《ねら》い通りだ。

「タイミングを間違えるなよ！」

「わかっとる！　１、２、３！」

ザードニア国王の言葉と同時に二人とも大きくジャンプして『そこ』を飛び越《こ》える。彼らの後ろを追いかけてきた猪が、『そこ』に足を踏《ふ》み入《い》れた途端《とたん》、真っ逆さまに地面へと落下した。

『グギョッ！』

「「やった！」」

振《ふ》り返《かえ》り、落とし穴に落ちた猪に歓声《かんせい》を上げる二人。駆《か》け寄《よ》ってみると、二メートルほどの穴の底に、設置した鋭《するど》い木の杭《くい》に貫《つらぬ》かれた猪の姿が見えた。

木の蔓《つる》で作り上げたロープを猪の足に縛り、二人で引きずり上げる。なかなかの重さで苦労したが、それに見合うご馳走にありつけるのだからと、文句も言わず二人は黙々《もくもく》と作業を行った。

この島に連れてこられてから二週間。獲物《えもの》を狩《か》るのにも随分《ずいぶん》と慣れた。鋭い石がたくさん落ちている場所を発見したおかげで、丈夫《じょうぶ》な枝を組み合わせて槍《やり》を造ったり、鏃《やじり》にして弓矢を造ったりした。

苦労して木々を擦《す》り合わせ、火を熾《お》こし、食材を焼くためのかまども造りあげた。

二人の国王は協力すればなんとかやれるもんだな、と簡単に思っていたが、裏で黒曜石の破片《はへん》を用意したり、ほどよいタイミングで魔法を使ってこっそり火を付けたりした影の立役者である、とある公王の存在を知らない。気楽なものである。

巨大な大亀と蛇に追いかけ回されたり、青い竜に襲われたりと、彼らからすれば何度も死んだような気持ちを味わっていたが、それにもだんだんと慣れてきたのかもしれない。

二人は浜辺《はまべ》の本拠地《ほんきよち》まで猪を引きずりながら戻ってくると、黒曜石のナイフで適当に捌《さば》き、骨付きのままかまどの火で炙《あぶ》る。

二人は知るよしもないが、この猪はトライボアと言って肉質が柔《やわ》らかくそのままでも美味な魔獣《まじゆう》であり、騎士《きし》王国レスティアの南部地域にしか棲息《せいそく》していない貴重な猪であった。

もちろん転移魔法で連れてきた者がいるわけだが。

「午後からはどうする?」

「魚を獲《と》ろう。石槍があればたぶん大丈夫《だいじょうぶ》だ」

「そう言えば得意だと言っていたな、貴様」

「任せろ。でっかいのを食わせてやる」

骨についた肉を咀嚼《そしやく》しながら、二人で笑い合う。ほんの二週間前ならありえない光景がそこにはあった。

髭面にボロボロの服をまとった二人の姿は、とても一国の国王には見えない。どう見ても船が難破した漂流者《ひょうりゅうしゃ》だ。しかし以前よりも険が取れ、自然に笑うようになっている。

この島の過酷《かこく》な環境《かんきょう》下（冬夜がサポートしているので実際はさほどでもないのだが）で、生きていることの素晴《すば》らしさを実感したからであろうか。

二人が槍を持ち、澄《す》んだ遠浅の海へと足を向けたとき、砂浜《すなはま》に見覚えのあるものが見えた。パラソルの下のビーチチェアでくつろぎながら、トロピカルドリンクを飲む少年。

忘れもしない、自分たち二人をこの島へと拉致《らち》してきた張本人である。

瞬間的《しゅんかんてき》に怒《いか》りが甦《よみがえ》ってきた二人は、息のあった二人三脚《ににんさんきゃく》でその少年王目掛け、砂浜を全力疾走《しっそう》していく。

「「ぬおおおおお！　キサ、マどわッ!?」」

バキョッ、という音とともに、二人はまたしても落とし穴に引っかかり、砂の下に落下していった。先ほどの猪と同じように。

『同じ手にまたも引っかかるとは……学習能力がないのか……？』

「まあ、そういうなよ、琥珀。アレでもずいぶん変わったんだから」

『そうでしょうか……？』

サングラスを外し、ビーチサンダルにアロハシャツの冬夜がゆっくりと穴の下でもがく二人のもとへと歩いていく。

「やあ、久しぶり」

「貴様ッ！　よくも我々をこんなところに！」

「降りてこい！　ぶん殴《なぐ》ってやる！」

落ちた変な体勢のまま、顔を出した若き公王に罵声《ばせい》を浴びせる二人。この状況下でこんなセリフがよく出るなと、冬夜は呆れるのを通り越して感心した。

「まあまあ。今日はお二人に面白《おもしろ》いものを見せようとやってきたんですよ」

「面白いものだと？」

突然《とつぜん》、落とし穴の上にどこかの映像が映し出された。戦場だ。二つの軍勢が入り乱れて争っている。片方は赤い革鎧《かわよろい》を。片方は青い鱗鎧《うろこよろい》を。ダウバーン王国軍とザードニア王国軍である。

「これは……！」

「どうなっている！　なぜ戦いが始まっているのだ！」

自分たちの国が隣《となり》相手の国と戦っている。今まで客観的にそれを見たことのなかった二人はその凄惨《せいさん》な光景に言葉を失った。

槍で貫かれる兵士たち。親を失い、墓の前で涙《なみだ》を流す家族。飢え苦しむ子供たち。病に倒れ、死を待つばかりの女たち。

戦いの合間にそういった映像が挟《はさ》まれており、二国の王は言葉を失くす。

戦場に立ってはいたが、命令するだけで何も見ようとはしなかった二人。その現実が目の前にはあった。

シーンが切り替わり、二人の青年が剣《けん》を斬《き》り結《むす》んでいる映像が流れる。鎧《よろい》を着ていたが一目でその姿が誰《だれ》であるか二人にはわかった。

「アキーム！」

「フロスト！」

お互いの息子《むすこ》が剣を持ち、殺し合っている。互いに実力は伯仲《はくちゅう》しているようで、決め手を探しているようだ。

「なぜ息子が戦場にいるのだ！」

「どうやらお互いに父親を攫《さら》ったのは相手国と思っているようで。いやあ、愛されてますねぇ」

「貴様ッ……！　悪魔か！」

「恥《はじ》を知れッ！」

二国の王が笑《え》みを浮《う》かべる少年王に怒りの矛先《ほこさき》を向ける。

「あの二人はお互いを憎《にく》み合って戦っている。あなたたちと同じ理由でしょう？」

「違《ちが》う！　あの二人は勘違《かんちが》いをしているだけだ！　本当に悪いのは貴様ではないか！」

「なにを今さら。今までお互いを滅《ほろ》ぼせと言い続けていたのはどなたでしたっけ？　良かったじゃないですか。これで決着がつくかもしれませんよ。お？」

二人の王子が相手を見据《みす》え剣を構えた。

お互いに駆け出し、すれ違いざまに剣を一閃《いっせん》する。

斬り結ぶことなく相手の腹をお互いに裂《さ》き、おびただしいほどの血が流れた。

膝《ひざ》をつき、二人ともその場に倒れる。地面に二人の血が広がっていき、大地を鮮血《せんけつ》で染めた。

「馬鹿《ばか》な……アキーム……！」

「フロスト……！　なぜこんなことに！」

「相討《あいう》ちか。決着はつかなかったみたいですね」

そのすっとぼけた冬夜の声を聞いた二人の王は、憎憎《にくにく》しげに燃える目を彼へと向けた。

「貴様が！　全《すべ》て貴様のせいだろうが！　息子を返せ！」

「殺してやる！　なぜ息子が死なねばならんのだ！」

「えー？　僕が連れ去ったおかげでおたくら二人は死なないですんだじゃないか。感謝してもらいたいね」

「なにを……！」

言い返そうとした二人に、少年王から殺気が叩き付けられる。今までこの島で味わった、どんな死の気配よりも怖《おそ》ろしい気配。口の中がカラカラに乾《かわ》き、身体が蛇《へび》に睨《にら》まれた蛙《かえる》のように動かなくなった。

「勝手なことばかり言うなよ。あんたらが始めた戦争だろう。いずれ自分もこうなるかもしれないとか考えなかったのか？　王様だから死ぬわけないって？　あんたらこの島に来て何回死にかけた？　簡単なんだよ、人が死ぬのは」

画面の中で飢え苦しむダウバーンとザードニアの人たちが映る。その次に映ったのは反対に贅沢《ぜいたく》なご馳走《ちそう》を食べ、食い残す二人の国王。

疲《つか》れ果《は》て、ぞろぞろと帰路につく兵士たちと、相手国を罵《ののし》り、憤懣《ふんまん》やるかたない二国の王がスライドのように映し出される。

対比されることで、どれだけ自分たちが愚《おろ》かなことを繰《く》り返していたかが二国の王にも理解できた。

「全部ワシらのせいなのか……？」

「なぜ……もっと早く……。フロスト……」

膝からくずおれて、穴の底で打ちひしがれる二国の王。嗚咽《おえつ》とともに目からは涙が、口からは後悔《こうかい》の言葉が吐き出される。

下らない意地のせいで大切な子を失ってしまったという悲しみ、そして喪失感《そうしつ》。自分勝手な戦いに巻き込み、苦しめて来た国民への罪悪感。

様々な感情が津波《つなみ》のように押《お》し寄せて、二人の心を抉《えぐ》っていた。

そして二人の意識はそこで不意に途切《とぎ》れる。

◇　◇　◇

「反省したかな？」

『おそらくは』

隣の琥珀《こはく》に話しかけ、僕はこっそりと【スリープクラウド】を二人へと向けて発動させた。

　コロリと簡単に意識を手放し、あっさりと寝《ね》てしまう二人。

「とまあ、二人とものすごく後悔してたみたいですけど」

　指を鳴らし、【インビジブル】を解除すると、落とし穴の前に二人の青年が現れる。ダウバーンの王子であるアキームと、ザードニアの王子であるフロストだ。

「なんであんな芝居《しばい》をさせるのか不思議でしたが、そういうことでしたか……」

「父上が泣くなんて……」

　神妙《しんみょう》な面持《おもも》ちで穴の中で寝こける父親を見下ろす二人。

　さっきまで流した映像は全部フェイクである。二人に出演してもらい、相討ちになってもらった。お腹《なか》に血袋《ちぶくろ》忍《しの》ばせてね。他の映像は町の人たちから記憶《きおく》をもらって、作り上げました。

「多少強引《ごういん》だったけど、それなりに相手を理解できたんじゃないですかね。これでもまだお互いに戦争を続けるっていうなら、もうお手上げだね。冷たいかもしれないけど、どっちとも勝手に滅べばいいと思う。あとの判断は任せますよ」

「絶対にそんなことにはさせません。ダウバーンは二度と愚かな過《あやま》ちを繰り返すことはないでしょう」

「その通りです。いざとなったら父上を幽閉《ゆうへい》させてでも退位させ、ザードニアに平和をもたらします」

二人は決意のこもった眼差《まなざ》しを僕へと向ける。ま、この二人なら心配はしてないけどね。仲良くしてないとアレントのお姫様《ひめさま》たちとの繋がりもなくなるもんねえ。

「どれ。じゃあ仕上げと参りますか」

涙と鼻水、よだれを流しながら、悲しい顔でぐーすかと眠《ねむ》る二人の国王を見下ろして、僕は腕《うで》を鳴らした。

◇◇◇

「む……?」

ダウバーン国王が目覚めるとベッドの中だった。いつものように柔らかい羽毛布団《うもうぶとん》に包まれて、小鳥の囀《さえず》る声で目を覚ます。

いつものように……？　はて？　いつもは砂浜のベッドにマントの布団《ふとん》、潮騒《しおさい》の音を聞きながら目覚めるのではなかったか？

思考がだんだんとクリアになっていき、ダウバーン国王は羽毛布団を蹴飛《けと》ばして跳ね起《お》きた。

「こ、ここは……。ワシの部屋……だよな？」

疑問形になる。間違《まちが》いなくダウバーン王城の自分の部屋で間違いない。しかし、なぜ戻《もど》っているのかがわからず、ダウバーン国王はキョロキョロと辺りを見回してしまった。

「あれは夢……だったのか？」

独りごちる彼の目に、ベッドの横にあるサイドテーブルに置かれていたものが飛び込んできた。

「これは……！」

じゃらりとしたそれを手に取る。開いた足枷《あしかせ》と、途中《とちゅう》からぶった切れた鎖《くさり》だ。間違いなく自分の右足に付けられていたものである。

ナイトガウンを捲《ま》くると、右足首に日焼けのあとがクッキリと残っていた。やはりあの島での日々は夢ではない。となると……。

「アキーム……！」

ダウバーン国王が息子の名を呼び、膝からくずおれて涙を流す。

そこへガチャリと部屋の扉《とびら》が開き、死んだはずの息子がけろっとして現れたものだから、ダウバーン国王は目を見開いて驚《おどろ》いた。

「ああ、父上。お目覚めでしたか」

「アキーム……？　あ、ア、あっ、アキーム！　おっ、おっ、お前、生きてたのか⁉」

「なんです、藪《やぶ》から棒《ぼう》に……。生きてちゃ悪いみたいな言い方ですね？」

「いっ、いや！　そんなことはないぞ！　よく生きていてくれた！　よかった……よかったなあ……！」

息子に縋《すが》り付き、またしても涙を流すダウバーン国王。それを優《やさ》しく受け止めたアキーム王子は、国王が行方不明になっていた二週間に、国に何があったかを説明をする。あくまで彼《かれ》は国王不在時における代理である。その国王が戻った以上、全ての権限は元に戻る。

「父上がいない間にザードニアに攻《せ》められてはと、一時休戦を申し込みましたが、どうしますか？　父上が戻ったことで、貴族たちの中には開戦を叫《さけ》ぶ者もおりますが……」

アキーム王子が国王の挙動を窺《うかが》うように尋《たず》ねる。その言葉を耳にしたダウバーン国王は一人黙り込み、なにやら考えていたが、やおら顔を上げると息子に向けて重い口を開いた。

「うむ……。そうだな、まずは調停の場に行くことにしよう」

「……わかりました。では皆《みな》にそう伝えます」

王子の言葉に頷《うなず》いたダウバーン国王の顔には、なんとも不敵な笑みが浮かんでいた。

数日後。

ダウバーン王国とザードニア王国の境にあるレザリア平原は比較的気候による変化が少ない地であった。それでも数キロ相手側の国に踏み込めば、灼熱と極寒の余波が襲う地でもある。

そこに設置された一つの陣営《じんえい》に、ダウバーン、ザードニア、両国の主だった者たちがその顔を突《つ》き合《あ》わせていた。その中にはアキーム王子とフロスト王子の姿もある。

やがて両陣幕からお互《たが》いの国王が現れる。彼らは無言のまま、正面テーブルの椅子《いす》に腰《こし》を下ろした。

そのまましばしお互いを睨み合い、まずはダウバーン国王が口火を切った。

「はっ、しぶとく生き残っていたか、この氷河野郎《やろう》」

「そっちこそ、その減らず口は死ぬまで治らんようだな、この砂《さ》漠《ばく》馬《ば》鹿《か》」

国王同士がお互いに相手を罵り合い、両陣営がピシッと険悪なムードになった。

ガタ、ガタンと両国王が椅子を立ち、テーブルの横でお互いを睨み合い続ける。

一触即発《いっしょくそくはつ》とはまさにこのこと……と、周りの人間たちが思い浮かべたタイミングで、二人の国王に変化が起きた。

「くっ……ぷ……」

「クックック……」

なにかを堪《た》えるような声が漏《も》れ、周りの重臣たちが首を傾《かし》げる。

「がっはっは！　生きてやがったか、この野郎！」

「かっかっか！　お前こそ！　この死《し》に損《ぞこ》ないめ！」

二人は腹の底からおかしいといったように、大声で笑い始めた。突然の成り行きと、信じられない光景に口をポカンと開けて絶句する周りの家臣たち。

「あれから何度もあの島の夢を見たわ！　いや、地獄《じごく》だった！」

「ワシもだ！　よくもお互い生き残れたものよのう！」

お互いの身体を小突《こづ》き合いながら語り合う二人は、どこからどう見ても昔から付き合いのある友人同士にしか見えない。これがかつて犬猿《けんえん》の仲とまで呼ばれた二人なのかと、周りの者たちがお互いに顔を見合わせている。自分の目が信じられないのだ。

「ワシがここにきたのは、ひとつ報告することがあってな」

「ワシもだ。ははん、お前もか」

二人はニヤリと笑うと陣営に並ぶ家臣たちに、あの悪夢から目覚めて、今までずっと考えていたことを口にした。

「ワシは王位を息子であるアキームに譲《ゆず》る。この交渉は新たな国王たるアキームが行うがよい」

「ワシも同じく王位をフロストに譲る。お前がこのザードニアの行く末を決めよ」

二人の国王がどちらとも退位を宣言する。そこには晴れやかな顔の、もはや国王ではない、かつて国王であった二人の男たちがいた。

◇ ◇ ◇

「それでどうなったんですか?」

「ダウバーンはアキーム王子が、ザードニアはフロスト王子が王位を継《つ》いで国王になった。

二国は互いに手を取り合い、これからは友好国として付き合いを始めるそうだよ」

ユミナにそう答えながら、僕《ぼく》は休憩《きゅうけい》とばかりに背もたれにもたれる。

あっちはやっと一段落したな。もうちょっと早いかと思ったんだが。人間年取るとなかなか素直《すなお》にならないからなあ。

二国は仲良くなったが、先王二人には僕はなんか恨《うら》まれてるっぽい。『ブリュンヒルドとは付き合うな！』とまでは言われてないそうなので、個人的な恨みだと認識《にんしき》はしているようだ。

「アレントのお姫様たちはどうなりました？」

「ああ、そっちもうまくいってる。近々ダウバーン国王アキームと聖王国アレントのレティシア王女、ザードニア国王フロストとアリアティ王女の婚約《こんやく》が発表されるはずだよ」

「まあ！　よかったですわ！」

書類から顔を上げたルーが、我《わ》が事のように喜ぶ。

僕は彼女《かのじょ》のように素直に喜ぶことができない。めでたいし、よかったとは思うけど、全部あの王女の祖父である聖王の思い通りなんでね。手のひらで踊《おど》らされた感じがするよ。

婚約祝いじゃないけど、僕は炎《ほのお》と氷の精霊《せいれい》に命じてあの二国の呪《のろ》いともいうべき気候の変化を元に戻しておいた。これで数十年かけてゆっくりと過ごしやすい土地に変化していくはずだ。

ヒルダがくすっ、と笑いながら手にしていたペンを置く。

「心配の種が一つ消えてよかったですね。やっと世界が落ち着きを取り戻したのに、戦争なんてやっぱり嫌《いや》ですから」

「まあね。それでもまだいろいろとしなきゃならないことがいっぱいあるんだけど……」

破れたままの世界の結界や、巨獣《きょじゅう》問題、変異種に潰《つぶ》された村や町の復興、そして今は目の前にドンと置かれた紙の束……。

そのうちの一枚を取って内容を読む。

「このダーレウィン伯爵《はくしゃく》ってのはどこの誰？」

「あ、それは私《わたくし》ですわ。レグルス帝国《ていこく》の伯爵です。ええと、私《わたくし》のひいおじいさまの妹君が嫁《とつ》いだ家ですわね」

「家としての付き合いは？」

「今はそれほど。ですが帝室《ていしつ》の血が流れてはいますので、皇位継承権《けいしょうけん》は低いながらもありますわ」

「だとすると、こっちかな……」

ダーレウィン伯爵と書かれた紙をランク分けした箱の中に入れる。これは結婚式《けっこんしき》での席次などを決める際に目安にするための振り分けだ。
なにしろ婚約者《こんやくしゃ》のうち三人が一国の姫君《ひめぎみ》だ。当然ながら、その親類や重臣など招待するべき者が多い。その確認を今、ユミナ、ルー、ヒルダの姫様三人と行っている。

明確に言うならスゥや桜もそうなのだが、スゥはユミナと同じ一族だし、桜は魔王《まおう》の庶子のため、あまり関係がない。

僕としては順位付けなどしたくはないが、世間的にはユミナが第一王妃《おうひ》、ルーが第二王妃、ヒルダが第三王妃となるらしい。

第四がスゥ、第五がリーン、第六が桜となり、リンゼ、エルゼ、八重が七、八、九と続く。

リンゼたちの順位は僕が告白された順らしい。らしいってのは、スゥ以降のこの順位は彼女らで勝手に決めたものだからだ。

あくまで書類上というか公的なものってだけで、九人平等というのは僕を含《ふく》めた全員の意見である。

面倒《めんどう》だよねェ、世間体《せけんてい》って……。おかげで招待客の選別にも気を使うことになる。

しかしこんな王侯《おうこう》貴族ばかりの中に放《ほう》り込まれて、八重の家族やエルゼとリンゼの叔父《おじ》さん家族は大変なんじゃなかろうか。そういやエルゼたちの叔父さんって、貴族恐怖症《きょうふしょう》みたいな人じゃなかったか？　ぶっ倒《たお》れるんじゃないかね？

「えーっと、このパウロン侯爵《こうしゃく》ってのは……」

「あ、レスティア《う ち》の財務大臣に当たる者です。父上の代からの側近で……」

「となるとこっち……」

僕がヒルダの言葉を聞いて、先ほどとは別の箱に紙を入れようとしたその瞬間《しゅんかん》、突然真横に花恋姉さんが現れた。

「冬夜君！」

「わあっ⁉」

相変わらず神出鬼没《しんしゅつきぼつ》なこの人は、もうユミナたちの前じゃ隠《かく》すこともやめたのか、平気で転移してきやがる。驚くから間近に転移するのはやめろ！

「ちょっ、花恋姉さん！　いきなり現れるのはやめてって何度も……！」

「それどころじゃないのよ！　ちょっと来るのよ！」

座《すわ》っていた僕の腕を取って、花恋姉さんが立ち上がらせる。えー？　ちょっともう、なにー？　まだ面倒ごとー？

「な、ちょっ、ちょっ、ちょっ。どこへ連れてく気だよう？」

「神界なのよ！　ユミナちゃん、ちょっと冬夜君を借りるのよ！　今から家族決定会議なのよ！」

「え、あ、はい。お気をつけて……」

花恋姉さんの迫力《はくりょく》に、ユミナがたじろぎながら小さく頷く。

はあ⁉　家族『決定』会議ってなに⁉　よくわからないまま、僕は花恋姉さんの手によって神界へと拉致された。

オーマイガッ。

第二章　万神殿

「あれ？　ここどこ？」

花恋《かれん》姉さんに連れてこられた場所はいつもの世界神様の部屋（あそこを部屋というのはどうかとも思うが）ではなかった。

真っ白い大理石のような床《ゆか》と左右に並ぶこれまた白い大きな柱。その外はいつものようにどこまでも雲海が広がっている。

正面には階段が伸《の》び、大きな神殿《しんでん》のような建物が立っていた。

見上げた空には雲ひとつ……って、雲は下なのか。雲はないが鮮《あざ》やかな虹《にじ》が真円を描《えが》いている。中心の真っ青な空に吸い込まれそうだ。

「こっちなのよ」

花恋姉さんが僕の手を引き歩き出す。

「ちょ、待って。あれってなんなの？」

「万神殿《パンテオン》なのよ。神々《みんな》が使う公共の場……言ってみれば溜《た》まり場みたいなとこなのよ。造ったのは創造神様。ここにいる者は全員、神かその眷属《けんぞく》なのよ」

万神殿《パンテオン》？　魔王国ゼノアスの王城、万魔殿《パンデモニウム》なら知ってるが。

花恋姉さんに連れられてその中に入ると、突然風景が変わった。建物の中に入ったのにどこかの中庭のような場所を歩いている。草木が生え、芝生《しばふ》のようなものが広がり、中央には噴水《ふんすい》まで見える。

「なんだこりゃ……？」

「ここにはいろんな場所や部屋があるけど、そこに行くのに特に決まりはないのよ。どこにでも行けるし、決まった道筋なんかないのよ」

道筋……ルートがないってことか？　不思議空間すぎるだろ……。

中庭を通り過ぎて行く僕たちを、興味深そうに芝生の上でくつろぐ人たちが視線を向けてくる。あの人たちも神様なんだろうな、たぶん。ってことは、飛んでるあの雀《すずめ》のような鳥も神の眷属だったりするわけか。

僕の視線に気がついたのか、その鳥がこちらへやってきて、前を歩く花恋姉さんの肩《かた》に止まった。

「おう、恋愛神《れんあいしん》。そいつが例の新神《しんじん》かい？」

「そうよ。飛行神、ちょっと急いでいるからまたあとでなのよ」

「ははっ。なんだい、つれないねぇ」

うむう。眷属じゃなくて神様だった。間違ってごめんなさい。

「いいってことよ、気にすんな。まあ、そのうちゆっくり話そうぜ」

「え？　あ、はい」

そう言うと飛行神は羽ばたいて行ってしまった。心を読まれた？　相手は神様だ。それぐらい普通《ふつう》なんだろうか。

「世界神様の眷属は何億年ぶりだから、みんなも注目してるのよ。ここじゃ冬夜《とうや》君はちょっとした有名人なのよ。まあ、それでいまちょっと問題になっているんだけど……」

「え⁉　なんか僕、悪いことした？」

「いいえ、冬夜君自身にはなにも問題ないのよ。問題は……っと、それはついてから話すのよ」

わけがわからん。とにかく花恋姉さんに連れられるまま、中庭のようなところを通り過ぎ、アーチ状の門のようなものをくぐって再び建物内へと入った。

……入ったはずなのに。

建物内に入ったはずなのに、そこは外であった。いや、外なのか？　それさえも僕には判断がつかない。遠くには雲海が見えるが、足元には様々な花が百花繚乱《ひゃっかりょうらん》とばかりに咲《さ》き乱《みだ》れていた。

ところどころに白い神殿の柱が立っている。柱だけだからまるでエジプトのオベリスクのようだ。

まるで天国のような……。当たらずとも遠からずか？　というか、天界はここより下なんだっけ？　ここは神界だし。よくわからん。

「やあ、やっと来ましたね」

「あれっ？　耕助叔父《こうすけおじ》さん？」

いつの間に目の前には農耕神である耕助叔父が立っていた。その横には狩猟《しゆりよう》神である狩《かり》奈《な》姉さんまでいる。

「とりあえずみんな今は落ち着いているさね。面倒な奴《やつ》らは剣神と武神が押さえているけどもね。まったく、暇《ひま》な奴らさ」

狩奈姉さんが呆《あき》れたような声を漏らすが、なにがなんだか僕にはさっぱりなのだが。

「いいかげん説明してくれないかな。一体なにが起こっているのかをさ」

「うーん、それは直接世界神様から聞けばいいと思うよ。私たちもついていってあげるから。さ、行こうか」

耕助叔父が歩き始める。結局付いていくしかないか。

花の香《かお》りが漂《ただよ》う中を進んでいくと、やがて桜のような木々が見え始め、薄《うす》く色付いた花びらがはらはらと舞《ま》い始めた。

いつの間にかそこらで花見をしている人たちがちらほらと見かけるようになる。この人たちも神々なんだろうな。こちらに注目してるし。

正直言うと、あまりいい気分ではない。まるで珍獣扱《ちんじゅうあつか》いされてるような気分になってくる。被害妄想《ひがいもうそう》過ぎるだろうか。

「おー、よく来たのう」

一際《ひときわ》大きい桜の木の下でゴザを敷《し》いて世界神様が座っていた。その横には徳利《とっくり》を抱《かか》えた酒神こと酔花《すいか》もいる。さらにその隣には竪琴《たてごと》を持った音楽神、奏助《そうすけ》兄さんも。

「おー、よく来たのー！　にゃははははは！」

「呼び立ててすまんね。まあ、座りなさい」

世界神様に言われるがままにとりあえずゴザの上に座る。なんかすごい触《さわ》り心地《ごこち》のいいゴザだな。ゴザじゃないのか？

「実は今日、神々の間で宴会《えんかい》をしていてのう。皆も集まるいい機会じゃったから、例の保養地計画のことを話したんじゃ。冬夜君が管理者となったので、実現できそうじゃと。そしたらみんな興味津々《きょうみしんしん》で喜んでくれての。大手を振《ふ》って地上に降りれるいいチャンスとばかりに盛り上がったんじゃが」

「ああ、例の。神々が一般人《いっぱんじん》として地上に降りて休暇《きゅうか》を楽しみたいってやつ？」

「それじゃ。ところがのう……。そこで冬夜君の結婚式の話になっての。ワシや恋愛神、剣神なんかが家族として出席すると話したら、不満が出ての。自分たちにもチャンスをよこせ、となった」

え？　それってどういう……。なんで保養地計画の話に僕の結婚式が出てくるわけ？

「つまり、なのよ。冬夜君の家族として結婚式に出席できれば、他の神々よりも先に地上に降りれる、ということになるわけ。保養地計画の先遣隊《せんけんたい》……というか、特別招待枠《わく》みたいな感じになってるのよ」

「え、なにそれ？」

「こっちで勝手に家族を決めるのもどうかと思っての。当事者である君を呼んだわけじゃが。空いている枠としては父母や、兄弟、叔父叔母《おじおば》、イトコあたりを……」

「ちょ、ちょっと待って下さい！　これ以上増やされても困りますよ！」

ただでさえ八人も神様の家族がいるのに。直接的な家族は世界神様と花恋姉さん、諸刃《もろは》姉さんだけとなっているけど。

それに世界は違うけど僕の父さん母さんは存命しているし。他の神《ひと》を父さんとか母さんとか呼ぶのは少し抵抗《ていこう》がある。じいちゃんは父方母方二人いたし、あまり気にならないんだけど。

「ま、それは私も同意するのよ。変なのがお父さん、お母さんになると困るのよ」

「変なのってなによ……？」

「冬夜君は、さっきの飛行神をお父さんって呼べるのよ？」

「………頭がおかしいと思われるな」

「わかってくれて嬉《うれ》しいのよ」

見た目は雀だしなぁ。よく見るとこちらに注目している中にも変わった人種？　の神々《かたがた》がいる。首から上が猫《ねこ》や鳥の頭の神とか。エジプトの神様とかで似たようなのを見たことあるな……。僕の知る神様とは全然違う神様なんだろうけど。

まあ魔族《まぞく》でワーキャットのような者もいるから、地上に降りてきても珍《めずら》しがられるだけで騒《さわ》ぎにはならないと思うけど、僕の母親とかはさすがに無理がある。

「別に家族とかじゃなくてもいいんじゃないですか？　故郷の友人とか、世話になった人とかで……。そういった方を結婚式に招待するのは別におかしいことじゃないですし」

その言葉を聞いた途端《とたん》、周りの神々《ひとたち》から『うおおおおおお！』と歓声《かんせい》が上がった。

うわっ、ビックリしたっ！

「わかってるじゃないか、新神《しんじん》！」

「そうだ！　全員にチャンスはあるべきだと思うぞ！」

「やっぱりそうよね！　私たちだって羽を伸ばしたいもの！」

なんだなんだ、そんなに希望者が多いのか？　神様って暇なの？

全員が全員、希望者というわけでもないらしいが。すぐに地上で羽を伸ばしたいって神《ひと》と、まあ、そのうち行こうかな、という神々《ひとたち》に分かれるようだ。

「本当にそれでいいの？　このままじゃ全員降りて来るのよ？　もしもアレらが地上で問題を起こしたら責任を持って対処するのは冬夜君なのよ？　サポート要員の私たちも手を貸すけども……」

「え⁉　ちょっと待って、そうなるの⁉」

隣でつぶやいた花恋姉さんの言葉に僕は本気で焦《あせ》った。地上に降りた神々なんて、トラブルを起こさないはずがない！

「諸君、落ち着きたまえ。彼の世界が神々の保養地になったとはいっても、我々が地上で好き勝手にしていいということではない。地上には地上のルールがあり、それを逸脱《いつだつ》してしまっては彼の、引いては世界神様の顔に泥《どろ》を塗《ぬ》ることになりかねないのだから」

耕助叔父がそう声を上げると、熱狂《ねっきょう》していた周りの神々《ひとたち》は『うむう』と、唸《うな》りながら再び静かになった。さすが地上に降りた神様の中で一番の常識人……常識神だ。

「では農耕神よ。いかにしてその結婚式の招待メンバーを選ぶというのか？」

二メートル半はありそうな上半身が半裸《はんら》の大男が尋ねてきた。古代ギリシャの衣装、キトンのように白い服を左肩《ひだりかた》だけで留《と》めていて、そこから盛り上がったムキムキの筋肉が覗《のぞ》いている。しかもその筋肉を見せつけるようにいちいちボディビルダーのようなポーズをつけていた。

「それを今から決めようというのだ、剛力神《ごうりきしん》。そのために彼に来てもらったのだから」

剛力神。なるほど、力の神様か。納得《なっとく》。

「だいたい何人くらいなら大丈夫《だいじょうぶ》かのう？」

「うーん、何人くらいと言われても……。花恋姉さんたちはどう思う？」

世界神様にそう聞かれても、なんとも判断しづらかった僕は、隣《となり》にいた花恋姉さんたちに丸投げした。神のことは神に任せるに限る。や、僕ももうその一員らしいけれども。

「んー、あんまり多く降りてこられても困るけど……私たちで面倒見れるのは十人くらい？」

十人か……。まあ、よほどトラブルを起こすような人でなければ大丈夫かな。

「その中から模範《もはんてき》的な者は後続の世話役として、少し長めに地上にいてもらうってのもアリじゃな」

「あっ、それいいのよ。そうすれば次に降りる時に人数を増やせるし」

世界神様の提案に花恋姉さんがパチリと指を鳴らす。えっ、増えるの……？

「大丈夫なんですかね？　本当に暴れられたら手が付けられないんじゃ……」

「いくらなんでもそこまで横暴な奴はおらんよ。みんなあくまで『人間』としての疑似《ぎじ》人生を楽しみたいだけなんじゃから。それに本当に冬夜君の手に負えなくなったら、ワシがなんとかする。まだ研修期間じゃし、上司が責任をとるのは当然じゃ」

むう。そこまで言ってもらえると安心できるが。本当にサポートしてもらえるならなんとかなる……かな？

「なら十人ということでいいですか？　もちろん今すぐ降りるわけじゃありません。結婚式の時までに何回かに分けて降りることになります」

「え？　うーん、まあ、それなら……」

さらに地上に神様が増えるのか……。いままでもけっこうな数なんだが。世界神様を抜《ぬ》いても七神《にん》もいるってのに。

「その十人なんじゃが。実は一人はもうすでに決まっとるんじゃ。ほれ、約束したろう？あの世界の、綻《ほころ》んだ結界を直せる者を送ると」

「あー、はい。そういえば」

僕らの世界を外敵から守る神の結界はフレイズのせいで穴だらけだ。これを修復するにはかなり繊細《せんさい》な技術が必要らしい。僕にはもちろん無理だし、花恋姉さんたちみたいなガサツな神様にも無理。そこで世界神様が適任者を送ってくれることになっていたんだっけ……って、

「痛《い》てててて⁉」

「ガサツで悪かったのよ。神界《ここ》だと思考が読まれやすいから気をつけるといいのよー」

花恋姉さんに頬《ほお》をつねられた。そういうことは先に言ってくれ！

「なにをやっとるんじゃ……。ま、いいわい。そやつだけは先行して降りてもらうが構わんかの？」

「こちらが頼《たの》んだわけですから、当然ですよ。構いません」

「すまんね。では紹介《しょうかい》しよう」

世界神様がパン、と手を叩《たた》くと、その後ろにふっと、一人のおばあさんが現れた。

白髪《しらが》で年《とし》の頃《ころ》は七十ほどに見える。白い着物を着た、上品そうなおばあさんだ。和装姿だが、瞳《ひとみ》は青い。初めて会ったのにどこか親しみを感じてしまうはなぜだろうか。

「それは私も世界神様の眷属だからですよ。あなたと同じでね」

「あ、なるほど」

にこやかに微笑《ほほえ》みながらおばあさんが答える。っていうか、また心を読まれた。くそう。

コレ慣れれば読まれないですむんですかね？

ゴザに座る世界神様の隣におばあさんも座る。並んで座ると老夫婦《ろうふうふ》のように見えるな。

「この者が結界の修復を担当する。上級神の時空神じゃ」

「よろしくね。冬夜君。一応あなたの祖母という位置付けになるけれど」

祖母？　ってことは世界神様の奥《おく》さんって位置付けなのか。確かに世界神様とお似合いだけれども。

「あらやだ。お似合いだなんて」

「うむ、ちょいと照れるのう」

照れたように二人して笑い合う。あや、また漏れた。ダダ漏れじゃないか、僕の思考。

「ええっと、時空神様ということは時間とか空間を？」

「ええ、そうね。世界の結界を直すには一度ボロボロになったものを全部引っぺがして、新たに張り直す必要があるの。けれど、それではあなたの世界が無防備になるし、時間もかかるでしょう？　私の場合は結界の時間を巻《ま》き戻して修復させるから、無防備になることはないし、全部張り直すよりは短くてすむわ」

ははあ、なるほど。五千年前、白と黒の王冠《おうかん》、アルブスとノワールの暴走によって世界の結界が一時的に修復された。あの時と同じことをするのか。

「一気に時を巻き戻すとムラができてしまうかもしれないから、少しずつ修復していくつもりよ。編み物を編むみたいにね。その間、あなたのお城にご厄介《やっかい》になるわ」

「あ、はい。それは構いませんけど。僕はなんとお呼びすれば……」

「そうね……。時江《ときえ》。地上では望月《もちづき》時江と名乗ることにしましょう。時江おばあちゃんね」

「時江おばあちゃん……」

「ええ。よろしくね、冬夜君」

そう言って時空神様……時江おばあちゃんはにこやかに微笑んだ。なんだろう、ホッとするな。どうやらまともな神様のようだ。おっと、余計なことは考えないでおこう。また心を読まれる。

「それで結局、あとのメンバーはどうやって決めるんです？」

「古来よりこういった決め事は、籤引《くじび》きとなっているが……」

籤ってか。まあ、御神籤《おみくじ》っていうくらいだからな。神様たちの決め事にはふさわしいのかもしれない。希望者の神々もそれでいいみたいだ。

「むろん、神力を使うのは無しじゃ。それはワシが監視《かんし》する。予知も透視《とうし》も無しじゃぞ？

神

細工もできんように籤は冬夜君に用意してもらう」

え、僕っスか？　や、まあ作れというなら作りますけれども。

希望者は全部で何人かと聞いたところ、百人近くいた。多過ぎないですかねぇ……。やっぱ暇なんかな……。好奇心《こうきしん》は猫を殺し、退屈《たいくつ》は神をも殺すってか。

この場合の籤っていうとやっぱり神社とかで引く御神籤の形かな。円筒形《えんとうけい》のやつで小さい穴が空いていてそこから細長い棒を取り出すアレだ。

簡単な六角柱の箱を作り、その中に棒状の籤を入れていく。先端《せんたん》を金色に塗ったやつを十本入れて、あとはハズレの棒を百本以上ジャラジャラと。

小さな穴を開けた蓋《ふた》を閉めて出来上がり、と。

できた御神籤箱を酔花に渡《わた》す。

「それじゃあ、きちんと並ぶのだー。順番を守れないやつは失格にするぞー。地上の美味《おい》しいお酒が呑《の》めなくなるぞー。にゃははははは」

何人かの神から『ごきゅ』と、喉《のど》を鳴らす音が聞こえた。呑兵衛《のんべえ》が増えるのはちょっと困るかな……。

それから何人かジャラジャラと箱を振っては籤を出し、しばらく落胆《らくたん》した者が続いた。まだ可能性はあるのでハズレても列の最後尾《さいこうび》に再び並ぶ。

みんなにかを祈《いの》るように箱を振る。神様が神頼《かみだの》みとかいろいろとおかしい。

出てきた籤に落胆しつつもなかなかに盛り上がっている。

「こういうのも楽しいですわねぇ」

「そうじゃのう。みんななかなかはしゃぐ機会もないからの」

どこから出したのか、小さな卓袱台《ちゃぶだい》を置いてお茶を飲んでいる老夫婦。っていうか、世界神様と時空神様。リラックスしてんな……。いやまあ、別にいいんだけどさ。

突然《とつぜん》、某有名《ぼうゆうめい》ＲＰＧのレベルアップ音に似たファンファーレが鳴《な》り響《ひび》く。振り向くと、音楽神たる奏助兄さんがトランペットを吹《ふ》いていた。

「にゃはは、大当たり〜」

「うおっしゃあっ！」

「げ」

トランペットを吹き鳴らす奏助兄さんと酔花の横には先ほどの筋肉ムキムキの剛力神が。

先端を金色に塗られた棒を持って、暑苦しくも筋肉を見せつけるようなポーズをとっていた。

……剛力神様は武流叔父《おじ》に担当してもらおう、うん。僕らにゃ無理。

「しばらくかかるだろうから、あなたも一息入れなさいな」

「あ、すみません」

時空神様……時江おばあちゃんが急須《きゅうす》から湯呑《ゆの》みにお茶を淹《い》れてくれた。あ、茶柱立ってら。毎回神様が淹れると立つけど、これってなんかの決まりごとなのかねえ……。それは神のみぞ知るってか。

そんな馬鹿《ばか》なことを考えながら、横目で御神籤箱をジャラジャラと振る神々をチラ見しつつお茶を飲む。うん、美味《うま》い。

はぁー。神様、どうか面倒な人が当たりませんように。

「ワシが不正するわけにはいかんよ」

「ですよねー」

また心読まれた。んもー。

第三章　ノキア王国の闇

「ノキア王国から特使が？」

「はい。公王陛下への謁見《えっけん》を望んでおります」

宰相《さいしょう》である高坂《こうさか》さんから意外な話を聞かされ、僕はちょっと驚《おどろ》く。

ノキア王国はユーロン地方の東に位置する王国だ。この国はどこの国とも正式に付き合わず、わずかに魔王国ゼノアスとやり取りがあるだけの国であった。

隣国《りんごく》のフェルゼン魔《ま》法《ほう》王国としか付き合わなかったホルン王国と似ているが、それに輪をかけて、鎖《さ》国《こく》状態の国である。

その原因はホルン王国と同じく、すでに滅《ほろ》んだ天帝国《てんていこく》ユーロンにあった。

ノキア王国はもともとユーロンの圧政に反発した人たちが興《おこ》した国である。人の立ち入ることが厳しい天険の山岳《さんがく》地帯へと閉じこもり、ユーロンからの侵略《しんりゃく》を逃《のが》れたという経緯《けいい》があるのだ。

それゆえ、ノキアを訪《おとず》れる者は少なく、また、ノキアからやってきたという者も少ない。

ここ数年のフレイズや変異種による世界規模の動乱に際しても、我関せずを貫《つらぬ》き通《とお》した国である。

そんな国から特使が来たというのだから、僕が驚くのも仕方がない。いったいどういった風の吹きまわしだろう。

こう言ったらなんだが、うちは小国だ。これといった特産品もないし、遥々《はるばる》こっちまでやってくる理由が思い当たらない。世界同盟絡《がら》みだろうか。それならまだ少しは付き合いのある魔王国ゼノアスを通しそうなものだが。

「なんの用かはわからないけど、とりあえず会ってみようか」

「では、そのように」

一時間後に会うと段取りを決めて、礼服に着替《きが》えることにする。あまりこういった服は着ないのだが、さすがに国の代表として謁見する時くらいは着るようにと言われているのだ。

というか、世界同盟の王様たちと会う時の方がラフな格好なんだけどなぁ。

服装としてはフォーマルなスーツだ。ゴテゴテと金刺繍《ししゅう》やファーで飾《かざ》り立《た》てるのは趣味《しゅみ》じゃない。ザナックさんのところで作ってもらったオーダーメイドの一品である。

伸縮性《しんしゅくせい》のある魔獣《まじゅう》の糸で作られたこの服は着《き》心地《ごこち》もよく、通気性もバツグンだ。そしてその上からいつもとは違《ちが》う黒のコートを着込む。

これでシルクハットでも被《かぶ》っていたらどこの英国紳士《しんし》だよ、って感じだな。ああ、どこって英国に決まってるか。

呼びに来たメイド長のラピスさんに先導され謁見の間へ向かう。

当たり前だけどまだ特使はおらず、その代わり謁見の間には騎士団長《きしだんちょう》のレインさんを始め、副団長のニコラさんとノルエさん、高坂さん、馬場《ばば》の爺《じい》さん、山県《やまがた》、内藤《ないとう》のおっさんたち、そして諜報《ちょうほう》部隊の椿《つばき》さんに、宮廷魔術師《きゅうていまじゅつし》のリーンとみんな勢ぞろいしていた。

一応、ブリュンヒルドの幹部連中である。見た目も大事だからと、城内警備の騎士たちもズラリと並ばされている。リーンの足下《あしもと》にはポーラが、玉座横には大虎《おおとら》状態の琥珀《こはく》までいた。

「派手だねえ」

「向こうがどう出てくるかわからないしね。これくらいはしといた方がいいわ。舐《な》められるのもよくないし」

ちょっとやり過ぎじゃないかと思いながら玉座に座ると、左手に立ったリーンがそう返してきた。そんなもんかね。

やがて謁見の間に三人の人物が現れた。先頭をいく一人は二十代半ばほどの、くすんだ赤や黄色といった、カラフルではあるが簡素なマントとローブ姿。茶髪《ちゃぱつ》を短く刈《か》り込んだ男だった。こう言ったら失礼だが、あまりパッとしない。どこかオドオドしているようにも見える。まあ、これだけ完全装備の騎士たちに囲まれたら仕方ないと思うけど。

その後ろには二人の人物がつき従っている。こちらは簡素な緑のローブに全身を包んでいる上に、顔も伏《ふ》せているので男か女か判断がつきにくい。髪《かみ》の色は栗色《くりいろ》と黒。長くはないが女性のような気がする。

三人は僕《ぼく》の正面まで進み、そこで片膝《かたひざ》をつく。

「お、お初にお目にかかります、公王陛下。ノキア王国外交官、ファロ・ヤンチェと申します」

「お立ちになって下さい、ヤンチェ大使。ようこそブリュンヒルドへ。公国公王、望月冬夜《もちづきとうや》です」

僕は玉座に座ったまま、彼《かれ》に声をかける。本来なら近寄って握手《あくしゅ》の一つもしたいところだが、高坂さんに止められているのでできない。最初からこちらがフレンドリーに接すると、お互《たが》いの立場的に面倒なことになるんだってさ。

「して、ヤンチェ大使。此度《こたび》のご来訪、いかなるご用件でございましょうか？」

「は……。実は、その……」

前置きもそこそこに、ズバンと切り込んだ高坂さんだったが、それに対してヤンチェ大使は歯切れの悪い返事を漏《も》らした。

『えー……』とか『そのー、ですね……』とか、なかなか用件を言おうとしない。この人、外交官として問題あるだろ……。

「あ！　こ、公王陛下におかれましては、近々、ご結婚《けっこん》なされるそうで、お、おめでとうございます！」

「はあ……。ありがとうございます……？」

え、なに？　結婚おめでとうの挨拶《あいさつ》にきたの？　わざわざ使いを立ててよこさんでも、手紙なり何なりくれればそれでいいのに。

周りのみんなも気の抜けたような顔をしている。ノキア王国の人らってほとんど外交とかしないから、そういったこともよくわからないとか？　まさか。

「お、お相手は九人もいらっしゃるとのことで、その豪気《ごうき》さはノキアまで伝わっております！　さ、さすがは稀代《きたい》の艶福家《えんぷくか》だと……」

「ははは……。そうですか……」

引きつった笑いを浮《う》かべる僕と、その横で笑いをこらえるリーン。他のみんなも口元を押《お》さえたり、ぷるぷると笑いをこらえて震《ふる》えている者がいる。

オイ、なんだこれ。なんで僕がこんな羞恥《しゅうち》プレイを受けないとならんのだ。こいつ、ケンカ売りに来たのか？

「……ご用件を。ヤンチェ大使」

「あ、申し訳ありません。で、では……」

咳払《せきばら》いをひとつし、高坂さんがヤンチェ大使を促《うなが》す。

だよな。さすがに結婚おめでとうの挨拶がメインではあるまい。

「こ、公王陛下におかれましては、じ、十人目を娶《めと》るおつもりはありませんかと思い、馳《は》せ参《さん》じたわけでございまして、ハイ！」

「え？」

場の空気が凍《こお》り付《つ》く。少なくとも、僕にはそう感じられた。決して、隣から本当に冷気が漏れているのではと感じたからではない。

ちらりと横目でリーンを覗き見ると、先ほどまでの楽しそうな笑《え》顔《がお》は消え、なにか考えているような神妙《しんみょう》な面持《おもも》ちに変化していた。足下のポーラがそろりそろりと玉座の後ろへと後退していく。僕の隣の琥珀まで一歩下がった。おいコラ、逃《に》げんな。

「それはどういったことでしょうか、ヤンチェ大使？」

「ノキア王国第二王女、パフィア・ラダ・ノキア様とのご婚姻《こんいん》をなにとぞお考え下さらないで、しょうか……と」

うわあ。いつかは来るんじゃないかと思っていた嫁取《よめと》り（取らされ）問題だったか。大《たい》概《がい》の国は婚約者《こんやくしゃ》が九人もいて、そのうち半分近くは王族と知ると諦《あきら》めて話を切り出さないもんだったが……。そこんところ知らないのかも知れないな。

「も、もちろん、正室になどとは申しませぬ。側室の末席にでもお加えいただければ、と……。パフィア王女は文武に優《すぐ》れ、見目麗《うるわ》しく、決して公王陛下の足を引っ張るようなことはない、と思います」

「申し訳ありませんが、自分には過分過ぎるほどの婚約者が揃《そろ》っておりますので、これ以上は……」

やんわりと断ろうと声をかけると、ヤンチェ大使の背後に控《ひか》えていた栗色の髪の人物がやおら立ち上がり、顔を上げた。やはり女性だ。歳《とし》は僕とそう変わらないだろう。十六、七の少女である。切り揃えられたショートカットの髪がサラサラと揺《ゆ》れた。

「陛下は優れた家臣を一人手に入れたと思えばよいのです。どうか私《わたくし》を奥方《おくがた》様たちの末席に加えていただけませんでしょうか？」

「え……まさか……」

パサリと地味なローブが外されると、赤と白をベースにカラフルな装飾《そうしょく》を施《ほどこ》した民族衣装がその下から現れた。

「申《もう》し遅《おく》れました。ノキア王国第二王女、パフィア・ラダ・ノキアと申します。お目にかかれて光栄です。ブリュンヒルド公王陛下」

挑戦的《ちょうせんてき》な目をした少女はそう言って小さく頭を下げた。

◇　◇　◇

ショートカットにされた栗色の髪に切長の目、そして自信に溢《あふ》れたような笑《え》みを浮かべた口元。可愛《かわい》いというよりは美人系の顔立ちだ。

ノキア王国第二王女、パフィア・ラダ・ノキアと名乗った少女は、僕に対して臆《おく》することなくその目を向ける。こちらを値踏《ねぶ》みするかのような視線だな。決して蔑《さげす》んでいるような目ではないので嫌悪《けんお》感はないが、あまり気持ちのいいものでもない。

「お話は承《うけたまわ》りましたわ。パフィア王女殿下《でんか》。けれど、このことに限っては公王陛下一人では決めることはできませんの。婚約者たる私《わたくし》たち九人の同意がなくては」

微笑みを浮かべて口を開いたのは、僕の隣に控えていたリーン。外交モードなのかいつもと言葉遣《ことばづか》いが違う。

「失礼ですが、あなた様は？　口ぶりから公王陛下の婚約者様であるお一人とお見受けいたしますが」

「これは失礼を。元妖精《ようせい》族の長にしてブリュンヒルド公国の宮廷魔術師筆頭、そして公王陛下の婚約者であるリーンと申します」

優雅《ゆうが》にリーンがスカートの端《はし》をつまみ、カーテシーによる挨拶を送る。宮廷魔術師筆頭って、今のところリーンしかいないんだが。

「リーン様。先ほども申しました通り、なにとぞ私《わたくし》も末席にお加え下さりませんでしょうか。決してこの国に損はさせません」

「さて……。損はさせぬと申されても、そもそも損得で公王陛下は私たちを娶ろうとしているわけではありませんので……。返答に窮《きゅう》しますが」

「ではいかなる基準にてお相手をお決めに？　文武、容姿、家柄《いえがら》、どれを取っても決して劣《おと》らぬと自負しておりますが」

「それはそれは。よほど自信がおありのようですわね。ですがノキア王国はあまり外国と交流がないと聞きます。殿下が思うより、世界は広いと思いますよ？」

え、なにこの応酬《おうしゅう》。さっきからリーンとパフィア王女の間にバチバチとした火花が見えるんだけれども。ちょっとこわい。

「……突然の申し出にて、すぐにはこちらとしても返答できませぬ。しばし時間をいただきたいが……いかがかな、ヤンチェ大使？」

高坂さんがリーンとパフィア王女のやり取りに、オロオロとして目をキョドらせていた大使に声をかける。渡りに船とばかりに、ヤンチェ大使はぶんぶんと首を縦に振った。

「そ、そ、それはもう！　ごゆっくりとお考え下さい！　色好《いろよ》い返事をお待ちしておりますゆえ」

「メイド長、大使と姫君《ひめぎみ》たちをゲストルームへご案内して差し上げろ」

「はい。どうぞこちらへ」

控えていたメイド長のラピスさんが歩み寄り、三人を促《うなが》す。

ラピスさんに従って去る際に、パフィア王女がこちらにちらりと視線を向けたが、その瞳にはある種の決意のような光が感じられた。

三人が立ち去ってから、僕は大きくため息をついた。あー、しんどい。

「何かと思えば政略結婚の申し出かよ……」

「意外と言えば意外でしたな」

顎髭《あごひげ》を撫《な》でながら高坂さんがつぶやく。まあねえ。今まで付き合いのある国なら言い出したりはしなかったからねえ。

「これってブリュンヒルドというよりは、僕の力が目当てなんだろうな……」

「まあ、普通ならば。金ランクの冒険者《ぼうけんしゃ》にして世界を救った英雄《えいゆう》。数百もの巨人《きょじん》兵を操《あやつ》り、いくつもの王国と誼《よしみ》を結ぶ調停者……。世間的に見て、その力を欲《ほっ》しない者はおりませんよ」

高坂さんの言う通り、僕の力を狙《ねら》っての婚姻だと普通は考えるよな。親類縁者《しんるいえんじゃ》になればその力を利用できる、とか考えてんのかしら。

「そのへん、どうも引っかかるのよね。ノキア王国ってほとんど鎖国状態の国なんでしょう？　わずかに魔王《まおう》国ゼノアスと交流がある程度で、何度かの世界会議の招待にも参加しなかったし。変異種との戦いの時もダンマリだったほどの国が、なぜ急に外国との交流を持つ気になったのか。そしてなぜそれがブリュンヒルドなのか」

リーンが腕《うで》組《ぐ》みしながら独り言のようにつぶやく。あれ、思ったよりも冷静だな。

「私たちがこんな展開を想定してなかったとでも？　いつかはこういった色仕掛《いろじか》けがあるんじゃないかと思っていたわ」

「色仕掛けって。仕掛《しか》けられた覚えはないけど」

「これからかもよ。寝《ね》る時はきちんと部屋の鍵《かぎ》をかけて、夜這《よば》いされないようにね。転移系の魔法や魔道具《アーティファクト》を使われるかもしれないから、阻害《そがい》結界もしっかりと。さすがに王女を傷物にしたとなれば、拒絶《きょぜつ》するのは難しいわ」

それってどんな展開だよ⁉　なんで僕が襲《おそ》われて負ける前提になってんの⁉

「いやいやいやいや。こっちから手を出したりはしないし、仮に部屋に来られても無力化できるし」

「この場合、事実はどうでもいいのよ。深夜にダーリンの部屋にいたというだけで、世間はもうダーリンのお手付きになったと見るわ。もちろんあの大使もね。それだけで致命的《ちめいてき》よ。ダーリンが転移魔法を使えるのは世に知られているから、どう考えてもあなたの方が王女を呼び寄せたと見るだろうし」

「怖っ⁉」

そんなの無茶苦茶《むちゃくちゃ》だろ。いくらなんでもそんなアホなこと……しない、よな？

「ま、本当にやられたらそれを逆手にとって、向こうを加害者に仕立て上げるけどね。ナイフの一つでも持たせれば、公王を狙う暗殺者の出来上がりだし」

「怖っ⁉」

「そういうリスクもあるから夜這いの可能性は低いと思うけど。念のため注意してってことよ。魅惑《みわく》系の魔道具を使われて、本当にあなたが襲っちゃう可能性もゼロじゃないんだから」

いや、仮にももう神族なんでそういった力は効かないと思うんだけど、なんか不安になるな……。

とりあえず部屋に【プリズン】を施しておいた方がいいか。神器でもない限り絶対に入れないわけだから、向こうがその気で来てもどうしようもないだろう。

「ちなみにダーリンはあの子を見てどう思った？」

「んー……。綺麗《きれい》な子だとは思ったよ。でも正直に言って心は動かなかったかな。あの目は僕本人じゃなく、その地位とか力に向けられたものが大部分な気もしたし。僕への好意から結婚したい、ってわけじゃないんだろ。自分を道具のように売り込むところも嫌《いや》だな」

あの子の本質はそれだけではないとは思うが、あまり好印象は持たなかった。少なくとも一目惚《ひとめぼ》れはしていない。

ルーやヒルダとかの場合は彼女《かのじょ》たちからの好意を確かに感じられた。それは僕の地位とか肩書《かたが》きではなく、僕本人へ向けられたものだった。彼女とは違う。

それになんというか……恋《こい》だの愛だの言う前に、彼女には使命とか責任みたいな感情がちらほら感じられるんだよね。悪い人間とは思えないんだけど。

「私も同じように感じたわ。あの子は『望月冬夜を大切に想《おも》っている』という、私たちの仲間になる最低条件を満たしていないのよ。その時点でまずアウトなの。悪いけど、私は認められない」

リーンがそう言ってスマホを取り出すと、素早《すばや》い指さばきでメールを打ち始めた。なにしてんの？

「私たちは私たちで会議をしなくちゃならないからね」

会議ってアレか？　前に大樹海のパムがやって来た時に開かれた『嫁《よめ》会議』？

僕との間に子供をと望むパムをはねつけたあの会議だよな、たぶん。あの時はまだリーンはいなかったけれども。

メールを打っているリーンをよそに、僕は椿さんを手招きで引き寄せる。

「とりあえず情報が欲《ほ》しい。ノキア王国のことをちょっと調べて来てもらえるかな？」

「はっ。すぐに何名かを向かわせます」

そう答えると彼女はその場からふっと消えた。

椿さんを頭領とする騎士団諜報部隊《きしだんちょうほうぶたい》には、転移系も始め、様々な魔道具《アーティファクト》を貸《か》し与《あた》えている。それを使えばノキアまで行って帰ってくるのに二日もかかるまい。

いかなる天険の地であろうとも、諸刃《もろは》姉さんや武流《たける》叔父に鍛《きた》えられた彼らの行く手は阻《はば》めない。必ずなにか情報を持ち帰るはずだ。

ま、持ち帰るっていうか、電話一本ですむだろうけどさ。

縁談《えんだん》を断るのは簡単だが、ちょっと気になることもある。僕の方も情報を集めてみるか。

◇　◇　◇

『すまんがわからん。本当にノキアとは少しの付き合いしかないんでな。向こうでなにか政変があったとしても、あちらから言ってこん限りはこちらも知る由はない。こう言ったらなんだが、ウチの方としてはノキアになんの関心もなかったからな』

「そうですか……」

魔王国ゼノアスの魔王陛下に電話をしてみたが、返ってきた言葉は予想した通りだった。

ノキアと地続きで隣国といっても、わずかな土地が接しているだけで、基本的にどちらも鎖国に近い国だったからな。お互いに無関心になるのは仕方のないことなのかもしれない。

『少し前に二世界会議についての招待状を送ったとき、「国内でちょっとした騒《さわ》ぎがあって、それに対処するのに忙《いそが》しいから遠慮《えんりょ》する」みたいなことを返してきたが……』

「クーデターでもあったんですかね？」

『それはちょっとどころの話じゃないだろ……。ただ、ユーロンが滅んでいくらかのユーロン人はその周辺諸国へと流れた。ノキアはゼノアスと同じように厳しい地だし、ノキアの人々はユーロン人を嫌《きら》っていたからそれほど流れなかったと聞くが、ゼロではあるまい。そのノキアに流れたユーロン人がなにか騒ぎを起こしたとも考えられる』

うーん……。まさか、と言い切れないとこがあるなあ。

とにかくユーロンの人間は物事を大きくするところがある。千を万と言い、万を億と騒ぎ立てる。ユーロン人が数を口に出したらその十分の一だと思え、と言われるくらいだ。

とにかく見栄《みえ》っ張《ぱ》りで舐められるのが大嫌《だいきら》いなんだ。

外の情勢をなにも知らないノキアにそのユーロン人が流れ込んで、あることないこと流言し始めたら、国がちょっとしたパニックになることくらいあってもおかしくない……か？

「ゼノアスの方にも少しは流れたんでしょう？」

『確かにうちにも変な噂《うわさ》は飛《と》び交《か》ったが、すぐに鎮火《ちんか》したな。基本的にユーロン人が派手な噂の情報源だとわかると魔族《まぞく》は信じないしな』

信用ないんだなあ。まあ僕もそう思うけども。

東方大陸東部……イーシェンを除いた、ゼノアス、ハノック、フェルゼン、ホルン、レスティアなどで問題を起こしているのはほとんどがユーロン関連だからな。なにを信じろと言うのか。

だけどノキアはユーロンの圧政から反発して建国されたという背景がある。つまりユーロンを一番嫌いな国なのだ。そう簡単に流言などには惑《まど》わされないと思うんだけど。

ま、今はなんとも判断しようがないか。

ノキアの話はこれで終わりと、今度は娘《むすめ》である桜《さくら》の近況《きんきょう》を根掘《ねほ》り葉掘《はほ》り聞いてくるウザい魔王陛下との電話を適当に答えて切る。

着信拒否《きょひ》されているわけではないそうだけど、会話をぶった切られているらしい。

『おお、ファルネーゼ。元気……』

『元気』

『フィアナも……』

『お母さんも元気』

『今度一緒《いっしょ》に……』

『忙しい。無理。また』

で、プツンと切られたとか。相変わらず桜は魔王陛下に塩対応だな……。電話に出てくれるだけ進歩したとも言えるが。

桜はフィアナさんが校長を務める学校で、臨時職員のような仕事をしている。まあ簡単にいうと、子供達《たち》に歌や楽器を教えているのだ。護衛として騎士団員《きしだんいん》でダークエルフのスピカさんも一緒である。

そう。いつもならこの時間、桜はスピカさんと一緒に学校にいる。

しかし今日はいない。なぜなら今ごろみんなで『会議』しているはずだから。

「まあ、パムの時と似たような感じだから、断る方向で舵《かじ》を切ると思うけど……」

あの子《パフィア》は間違《まちが》いなく僕に恋愛《れんあい》感情などは持っていない。それは断言できる。

なぜかって？

そんなものを持っていたら、いの一番にニマニマして飛んでくるような恋愛の神様がここにいないからさ。

ひょっとして『嫁会議』の方に行ってるんじゃなかろうな……。進行役とか言って。ややこしいことになるからやめてもらいたい。

僕がそんな思いを巡《めぐ》らせていると、リーンから電話が入った。

「もしもし？」

『あ、ダーリン？　とりあえず明日、パフィア王女とみんなで会うことになったわ。私以外はみんな直接話してもいないから、判断に決め手を欠くって。実際に会ってからということね』

「九割方、決まっているような気がするけど」

『それでもきちんと会って話さないと、礼儀《れいぎ》を欠くことになりかねないしね。なんてったって王女様本人が乗り込んで来ているんだし』

まあ、そうか。さすがに対応としてはまずいかな。それを気にしないなら謁見の間でズバンと断ればよかったわけで。

『ともかく明日までダーリンはあの子と接触《せっしょく》しないでね。色々と問題になるかもしれないから。夜は誰《だれ》かと一緒にいた方がいいんだけど……ふふっ、私たちの誰かの部屋に来る？』

「イエソレハ」

からかうようなリーンの声にドキッとなりつつも声をなんとか絞《しぼ》り出《だ》す。

確かに夜通し婚約者の部屋にいたならば、変な色仕掛けとやらも無駄《むだ》に終わるだろうけどさ。

「まあ、一応そこらへんは解決方法がないわけじゃないんだが」

僕はリーンとの電話を切り、『連絡先《れんらくさき》』から電話をかけた。


「おっと、それポン」

レグルス皇帝《こうてい》陛下の捨てた一萬《イーマン》を取る。よし、清老頭《チンロウトウ》までもうちょっと。

「しかしなにかと思えば麻雀《マージャン》のお誘《さそ》いとは……。まあ、暇《ひま》してたんでちょうど良かったけどよ」

ミスミドの獣王《じゆうおう》陛下が山からツモって捨てる。卓《たく》を囲んでいるのは僕、レグルス皇帝、ミスミド国王、リーフリース皇王の四人だ。ベルファストの国王陛下はヤマト王子の世話があるからと断られた。まだ夜泣きするのかね。

「たまには付き合って下さいよ。今夜はちょっと戻《もど》れないんですよ」

「なんだ？　ルーシアたちを怒《おこ》らせでもしたのか？」

「いかんなあ。結婚は初めが肝心《かんじん》だぞ。最初にガツンと言っとかんと、ずっと顔色を伺《うかが》うようになる」

まだ結婚してませんて。そうはいうが、リーフリース皇王だってゼルダ王妃《おうひ》に頭が上がらないのを僕は知っているぞ。ああ、実体験からか。

ルーの父親でもあるレグルス皇帝陛下を心配させるわけにもいかないので、現在起こっていることを簡単に話した。

「ノキアがそんな手に出たか。意外だな」

「ろくすっぽ外交もしねえのに、突然やってくるなんてなにか裏がありそうだな」

「他国の王族同士が婚姻によって関係を深めるのは、なにもおかしいことではないが……」

ああ、そういやリーフリースのリディス皇子とミスミドのティア王女は最近婚約《こんやく》したんだっけ？　すると皇王と獣王は親戚《しんせき》になるのか。

かつて差別の対象であった獣人も、すでに過去のことになりつつある。特にリーフリース皇国はそこらへんがかなり顕著《けんちょ》で、あの国で差別的行為《こうい》が行われることは少ないらしい。陽気な人たちが多いからかね。

「冬夜殿《どの》は受け入れる気はないのか？　もう九人も十人も関係あるまい？」

「いやいや。少なくとも今のところはないです。押し付けられた結婚相手なんかお互いに不幸なだけですって」

「そうでもないぞ？　結婚してから少しずつ相手を知っていくってのも、それはそれでいいもんだ」

そんなもんかねえ。僕はミスミド獣王の言葉にイマイチピンとこないんだが、こういうことは人それぞれだしなぁ。

「向こうがなにを考えてるのか見極《みきわ》めて……と、それポン」

リーフリース皇王が捨てた一筒《イーピン》を鳴く。

「む、清老頭《チンロウトウ》か？」

さすがにバレるか。あとはツモるしかないかな。手牌《てはい》からいらない三筒《サンピン》を捨てる。

「おっと、鳴いて飛び出す当たり牌……ロン。四暗刻単騎《スーアンコウたんき》」

「げ⁉」

「うおっ、皇帝陛下容赦《ようしゃ》ねえな！」

「危ない危ない。三筒持ってたわ。助かった」

くゥ……さすがに単騎待ちは読むのは難しい。まあいい、夜は長い。

王様たちの後ろに立つ各国護衛の騎士らには悪いけど、今日は朝まで付き合ってもらう。

僕の部屋には【プリズン】をかけてきたし、これだけアリバイの証人がいればおかしなことにはなるまい。

点棒を皇帝陛下に払《はら》い、僕は次のゲームへと気持ちを切り替《か》えた。

明日は婚約者《みんな》とパフィア王女が対面する。とにかくまずはそれからだ。

配られた手牌を揃えながら、僕は深く息をついた。

◇　◇　◇

「あてて……」

雀卓《じゃんたく》に突《つ》っ伏《ぷ》すような変な形で寝てしまったため、身体の節々が痛い。【リフレッシュ】と【リカバリー】で身体を回復させる。

「それで、昨日はどうだった？」

早朝の廊下《ろうか》を歩く僕の肩《かた》に紅玉がバサバサと飛んで来て止まる。紅玉には（正確には紅玉配下のフクロウにだが）あのパフィア王女一行を夜通し見張ってもらっていたのだ。

『特に変な動きはありませんでした。部屋からは一歩も外へ出ていませんし、魔法などを使った痕跡《こんせき》もありません』

「気にし過ぎだったのかね……」

紅玉の報告を受けて、僕はなんとなく肩透《かたす》かしを食《く》らったような気がしたが、よく考えてみればもとから一国の王女が夜這いなんてありえない話だ。

「今日はみんなと顔合わせか……。変なことにならなきゃいいけど」

僕は大きなため息をつきながら、朝の廊下を歩いていった。


「変なことになった……」

僕は騎士団の訓練場に立つ二人の少女を眺《なが》めながら誰に言うともなくつぶやいた。

どちらも木剣《ぼっけん》と盾《たて》を装備している。片方は当然というか、パフィア王女。そしてもう片方は僕の婚約者の一人であるヒルダだ。

見学者は婚約者のみんなにノキアの大使であるヤンチェ氏と、王女の侍女《じじょ》であるというリシア女史。それに野次馬《やじうま》の諸刃姉さんと狩奈《かりな》姉さんだ。

訓練場の中央でヒルダとパフィア王女が向かい合う。

「本当によろしいのですね？」

「ええ。構いませんわ。どうぞ遠慮なく、本気でいらして下さい。私も本気でいきますから」

ヒルダの声に不敵な笑みを浮かべながらパフィア王女が応《こた》える。かなりの自信があるようだ。

なんでこんなことになったかというと、パフィア王女がユミナたちに、まずは自分の実力を知ってもらいたいと申し出たからだ。

すごい自信だが……折れるぞ、それ。

パフィア王女と相対するヒルダに、目配せで『やり過ぎるなよ』と送る。向こうも小さく頷《うなず》き、『わかりました』と返してきた……気がする。

「では、構えて。始め！」

審判役《しんぱんやく》を買って出た諸刃姉さんが頭上に挙げた手を振《ふ》り下《お》ろす。

刹那《せつな》、飛び込んだヒルダの剣《けん》が下から掬《すく》い上《あ》げるようにパフィア王女の剣を弾《はじ》き飛ばした。

「な⁉」

驚《おどろ》くパフィア王女の首筋にピタリとヒルダの木剣が当てられる。

ちょっ、僕のアイコンタクトが全然伝わってないわ！『全力で行け』とか『手を抜《ぬ》くな』

とかで伝わってるぞ、これ！

「勝者、ヒルダ」

短く諸刃姉さんが勝敗を決する。遅れてカララン、と飛ばされた木剣が落ちてきた。どれだけ飛ばされたのか。

隣《となり》をそっと盗《ぬす》み見ると、ヤンチェ大使とリシア女史が絶句している。まあ、そうなるわな。

時間にしたら一秒あるかないかだもん。何が起こったかわからなかったんじゃないかな。彼らがあの動きを目で追えたとは思えないし。

「ち、ちょっとお待ち下さい！　今のは手が滑《すべ》ってしまって……！　も、もう一度お願いしたいのですが！」

焦《あせ》ったようにパフィア王女が食い下がる。

「だ、そうだけど。どうするヒルダ？」

「私はかまいませんが」

ヒルダが試合開始地点に戻りながら答える。諸刃姉さんが再び手を挙げると、対面した二人は剣と盾を構え直した。パフィア王女の方には先ほどあった余裕《よゆう》の笑みはなく、緊《きん》張《ちょう》し、強張《こわば》った表情が浮かんでいる。

「始め！」

諸刃姉さんが腕《うで》を振り下ろすと同時に、パフィア王女は盾をしっかりと前に構えた。だが、先ほどのようにヒルダは飛び込んでは来ない。

お互い相手を警戒《けいかい》するように、じりじりと時計回りに足を運んでいく。ヒルダは自然体の構えで剣先《けんさき》を相手に向けつつ、次第《しだい》に距離《きょり》を詰《つ》めていった。

先ほどは攻《せ》めたから今回は守りに徹《てっ》するのかな？　ヒルダの表情は変わらないが、パフィア王女の表情には明らかな焦りの色が窺《うかが》える。こりゃあそのうち……あ。

「やあっ！」

シビレを切らしたのか、パフィア王女が剣を突き出す。それを難なくヒルダは盾で受け流した。

「くっ！」

二撃三撃と剣を繰《く》り出すパフィア王女。ふうん、言うだけあってそこそこ強いと思うが、ヒルダとやりあうほどのレベルじゃないな。僕と出会ったころの八重《やえ》あたりなら負けてたかもしれないが。

打ち込んでくる剣撃を盾で受け止め、剣で流し、最小限の動きで相手を翻弄《ほんろう》するヒルダ。激しく動き回っているのはパフィア王女だけで、当然ながらそれはスタミナ切れという結果をもたらす。

そのタイミングを見計らって、ヒルダが再び相手の剣を弾き飛ばした。

そして先ほどと同じように、切っ先を喉元《のどもと》に突きつける。

「……続けますか？」

「……いえ、私の負けですわ」

静かに告げたヒルダの言葉に、悔《くや》しそうにしながらも自分の負けを認めるパフィア王女。

よく健闘《けんとう》したと言ってやりたいが、嫌味《いやみ》ととられるかもしれないので、黙《だま》っておこう。

「ヒルダ様はお強いのですね。これほどの剣の使い手に会ったのは初めてです」

「いえ、私など諸刃お義姉《ねえ》様に比べれば、獅子《しし》と鼠《ねずみ》のようなものです。上には上がいます」

ヒルダの言葉に驚いた彼女の視線が諸刃姉さんに移る。

「鼠なんて謙遜《けんそん》するもんじゃないな、ヒルダ。間違いなく君は子猫《こねこ》くらいには強くなっているぞ」

「子猫ですか」

ヒルダが苦笑《にがわら》いを浮かべる。いや、剣の神に比べて子猫なら大したもんだと思うがな。

どうも姉さんたちと比べると基準ってものがおかしくなる。

「で、どうする？　剣の次は魔法《まほう》ってことだったけど……」

「ええ。やりますわ。剣では遅れをとりましたが、魔法ではそうはいきません。私の実力をご覧にいれましょう」

「いい根性《こんじょう》をしているね」

諸刃姉さんがパフィア王女を褒《ほ》める。切り替えの早い子だ。それとも魔法によほどの自信があるのか。

ヒルダがパフィア王女の剣と盾を回収してこちらへ戻ってくる。

「おつかれさん。どうだった？」

「見たことのない流派の剣で面白《おもしろ》かったです。確かに強いことは強いのでしょうが、いま一歩といったところでしょうか」

魔法のターゲットとなる台車のついた大きな木の人形を、エルゼと八重が訓練場の方へと持っていく。

あれは木製ではあるが、ミスミド王国の頑丈《がんじょう》で燃えにくい樹木を使っている。どんな魔法を使うつもりなのかはわからないが、そう簡単に壊《こわ》れたりはしないだろう。いや【アクアカッター】のような切断系の魔法だと、バラバラになってしまうかもしれないが。

「じゃあ始めて。あれは壊しても構わないから」

「はい」

諸刃姉さんがパフィア王女から離《はな》れた。人形へ向けて手をかざしていたパフィア王女の魔力《まりょく》が、渦《うず》を巻くように両手のひらへと集中していく。

魔力の大きさも質もなかなかのもんだ。ゲームキャラでいったら魔《ま》法剣士《ほうけんし》のタイプなんだろうな。

パフィア王女が右手からバチバチとした光球を、左手から渦巻《うずま》く風を生み出した。えっ⁉

それを震える手でゆっくりと中央へと重ねて弾《はじ》くように放つ。

「【来たれ閃嵐《せんらん》、電撃《でんげき》の暴風、プラズマストーム】！」

木人形を中心として竜巻《たつまき》が巻き起こり、無数の電撃が木人形を貫《つらぬ》く。

こりゃ驚いた。威力《いりょく》はそれほどでもないが、ありゃ合成魔法じゃないか。古代魔法文明の時代には普通《ふつう》に使われていたが、やがて多くの人に扱《あつか》えるものへと魔法がグレードダウンしていった結果、廃《すた》れてしまった古代魔法だ。

ボロボロになった木人形がぐらりと倒《たお》れる。地面に倒れた衝撃《しょうげき》で人形はバラバラになった。

「どうです！」

ドヤ顔で振り向くパフィア王女だったが、僕《ぼく》らの反応がイマイチなのを見て眉《まゆ》をひそめる。いや、驚いてはいるんだけどね。どうしても『ほう』とか『へえ』とかの反応になってしまう。

「【プラズマストーム】。光と風の合成魔法ね。いささか風の方が強すぎるような気はするけど」

「そうです、ね。それによって光属性の威力が殺されてます。そこを改善するだけでも倍の破壊力《はかいりょく》は生み出せると思います、けど」

リーンとリンゼが今の魔法について指摘《してき》すると、逆にパフィア王女の方が驚いていた。

あっさり見破られたことを不思議がっているのだろう。

リーンとリンゼは無言でじゃんけんを始め、負けたリンゼが小さなため息をついて、訓練場へと向かう。

後方へパフィア王女が下がると、八重とエルゼが二体目の木人形を運んできた。

リンゼがパフィア王女と同じように、片手ずつ氷の粒《つぶ》と光球を生み出して素早く重ねる。

流れるようなその動きは、さっき見たパフィア王女のぎこちない動きとは比べようもない。

「【来たれ氷光、七彩《しちさい》の燦《きらめ》き、プリズマレインボウ】」

リンゼから七色の輝《かがや》きを放つレーザーのようなものが撃《う》ち出された。

一瞬《いっしゅん》にして木人形の上半身が消滅《しょうめつ》する。勢い余ったレーザーは訓練場にかけられている防護障壁《しょうへき》に当たって拡散消滅した。飛び散った氷の粒がキラキラと光に反射して虹《にじ》を作る。

なった。

「な⁉」

「おお、綺麗じゃのう！」

驚くパフィア王女と虹を見てはしゃぐスゥ。対照的な二人を見て、ちょっと笑いそうになった。

「合成魔法はどこで覚えたんです、か？」

「え？　あ、ノキアにあるダンジョンで見つかった古代魔法の書から……」

「なるほど……。ちょっとノキアに興味が湧《わ》きました」

パフィア王女の言葉にリンゼが小さく頷く。古代魔法文明の時代、名のある魔法使《ま ほうつか》いなどはその研究記録や成果、あるいは作品などを盗難《とうなん》から防ぐべく、自分の城をよく造ったりしたそうだ。城や塔《とう》などもあったが、その中で一番簡単だったのがダンジョンだったとか。穴掘《ほ》って土魔法で固めりゃいいだけだからな。

バビロン博士の場合、空に浮《う》かぶバビロンの島を造ってしまったわけだが、そういったのと同じダンジョンになら魔法書の一つや二つあってもおかしくはない。

僕らのところに戻ってきたパフィア王女にユミナが話しかける。

「あなたの実力はよくわかりました。もう少し尋《たず》ねたいことがあるのでテラスの方でお茶でもどうでしょうか？」

ユミナのお誘いに、返事をする気力も失ったのか、コクリと小さく頷くパフィア王女。

ぞろぞろと歩き出したみんなについて行こうとすると、リーンに止められた。

「ここからは女の子同士で話したいからダーリンは遠慮して。リシア女史は構わないけど、ヤンチェ大使も遠慮していただけますか？」

少し不満そうな表情を見せた大使だったが、リシア女史がなんとかなだめて女性陣《じょせいじん》は僕らのもとから去っていった。

城へ戻ってヤンチェ大使と別れると、柱の陰《かげ》から音も無く椿さんが現れる。

「なにかわかった？」

「はい。ノキアに飛んだ配下の者たちからの情報ですが、現在ノキア国王であるルウム・ラド・ノキアが死の床《とこ》にあるそうです」

「死の床って……病気？」

「そこまではわかりませんでした。ただ、危篤《きとく》状態だと。国王には長女・レフィア、次女・パフィアの二人の子がおり、国王が身罷《みまか》られれば長女のレフィアが継《つ》ぐことになるだろうとの噂です」

んー、男子がいないんじゃ順当といえば順当なのか。

「いえ、それもありますが我々の調べによりますと、ノキアにおいて第二王女パフィア姫《ひめ》は三ヶ月前に亡《な》くなっておられます」

「えっ⁉」

亡くなっている？　死んでるってこと？　じゃあ、あのパフィア王女は誰なんだ⁉

「……偽物《にせもの》ってことかな？」

「鎖国《さこく》していることを逆手に取り、王女に成りすまして陛下に取り入ろうとしたのやもしれませんが……。それにしては杜撰《ずさん》な気もします。三ヶ月前、パフィア王女は遠乗りに出かけた際に馬ごと崖下《がけした》の川に落ち、数日後、遺体として発見されたらしいです」

遺体が上がっているならやっぱり偽物なのかな……。王女が亡くなったってことを知らずに名前を騙《かた》ったのか？

ちぐはぐでよくわからんな。

もし僕があの王女を十人目の妻として迎《むか》えたとして。当然、挨拶《あいさつ》にノキアへと向かうだろ？　すると、誰だそいつは、ということになってあっさり正体がバレる。なんの意味がある？

それとも挨拶はまだいい、と長引かせ、その間に僕と既成《きせい》事実を作る……とか？　怖っ。

「まだ第一報ですので、このあとも……」

「陛下！」

椿さんの言葉を遮《さえぎ》るように、騎士団長《きしだんちょう》のレインさんが廊下をウサ耳を揺《ゆ》らしながら駆《か》けてくる。今や団長様なんだから、もう少し落ち着きをだね……。

というか、電話しなさいよ。そんなに急ぎの用事なら。

「急ぎ、謁見《えっけん》の間へ。ノキア王国の使者が来ております！」

「え？　ヤンチェ大使が？　さっき別れたばかりなんだけど。でもなんで謁見の間？」

「違《ちが》います違います。ヤンチェ大使ではなく、別の大使がやって来たんです！　ノキアから！」

……え？　どういうこと？

「第二王女パフィア姫の名を騙る不届き者を、すぐさま引《ひ》き渡《わた》してもらいたい、と！」

あれっ、やっぱり偽者《にせもの》？　わけがわからないが、とりあえず僕らは謁見の間へと向かった。

◇　◇　◇

「身分証は？」

「持ってました。ゼノアスに問い合わせて写真で確認《かくにん》しましたが、向こうに提出されているノキア大使のメダルと同じ物です。少なくともメダル自体は本物に見えます」

廊下を早歩きしながらレインさんに確認する。殺して奪《うば》ったとかでなければノキアの使者ってのは本当か。

「ヤンチェ大使の持って来たメダルと同じ？」

「まったく同じものに見えました。や、二つあってもおかしくはないのですが……」

複数の国に同時に外交することもあるだろうからね。ノキアの場合、ほとんどゼノアスしか交流はないけど。

にしてもヤンチェ大使が偽物でこっちが本物だとすると、どうやってここにいることを突き止めたのだろうか。土地勘《とちかん》もなく、鎖国状態の国なのに。なにか【サーチ】のような探索《たんさく》系の魔法だろうか。

「ま、会ってみりゃわかるか」

謁見の間に入ると、膝《ひざ》をつき、頭を垂れた人物が五人。一人は小太りの中年男性で、他の四人はそれより若く、硬《かた》そうな革鎧《かわよろい》に身を包んでいた。こっちの四人は護衛だろうな。

「陛下。ノキア王国大使、ドライフ・チャオマ殿です」

高坂さんが第二の大使を紹介《しょうかい》しようとするが、それを手をかざして遮る。

「挨拶は省こう。で、ドライフ大使。パフィア王女とヤンチェ大使を引き渡せと聞いたけど、どういうことなのかな？」

「……はっ。その者が王女とは真っ赤な偽《いつわ》り。パフィア王女は三ヶ月前に遠乗りの際、事故で崖下の川へと落下し、生命を落としておりますれば」

ふむ。椿さんの報告通りだな。顔を上げたドライフ大使は目つきの悪い、三白眼《さんぱくがん》のチョビヒゲ男だった。小太りの体型に口元には笑《え》みを浮かべているが、笑っていない目の下には隈《くま》ができている。

指には指輪が、腕には腕輪《うでわ》がジャラジャラとついているが、なにかの魔除《まよ》けだろうか。

「ヤンチェ大使はあなたと同じノキア大使のメダルを持っていたが……」

「……ファロ・ヤンチェは確かにノキア王国に仕える外交官であります。メダル自体は本物。奴《やつ》はゼノアスから帰還《きかん》する途中《とちゅう》、なぜか偽王女《にせおうじょ》一行と行動をともにし、ブリュンヒルドへと……」

「それをあなたが追いかけてきた？」

「は」

ふーん。ゼノアスとの外交官がヤンチェ大使なのか。それがこっちへ来た、と。しかしよくヤンチェ大使たちを見つけられたな。

「偽王女の情報はどうやって？」

「……大きな声では言えませぬが、私たちの国は憎《にく》きユーロンが滅《ほろ》んでより、ゼノアス以外の国と外交をするために、外の国で情報集めをしておりました」

「密偵《みってい》ですか」

「……そのような大したものではございませんが。偶然《ぐうぜん》、その者がブリュンヒルドへ向かうヤンチェらを発見したのです。とんでもない知らせを受けて、すぐさまこちらへ向かってきた次第で」

ノキア王国は言ってみれば山奥《やまおく》へ押《お》しやられた民族だ。鎖国したというより、地形から鎖国せざるをえなかった国なのである。それを邪魔《じゃま》していた大嫌いなユーロンがいなくなり、自由に外の国へ行けるようになれば、外交を模索《もさく》し始めてもおかしくはない。

「しかしあなた方は偽王女と申されるが、我々にはそれを判断する術がない。判断できるのは唯一《ゆいいつ》貴国と交流があるゼノアスだが、そこを訪《おとず》れていたノキアの大使がヤンチェ殿では、向こうを本物と思っても仕方がないのでは？　なにかノキア王の勅書《ちょくしょ》などはないのですか？」

「……国王陛下は体調が優《すぐ》れず、政務は第一王女のレフィア様がされております。が、偽王女の件はレフィア様は知りませぬ。軍務卿《ぐんむきょう》たるカイザ・ノートリス様の命で我々は動いております」

体調が悪い、ね。さすがにノキア国王が死にかけているとは言わないか。

それにしても国王、それに次ぐ第一王女もこのことを知らないってのはどうなんだ？

「……レフィア様は妹のパフィア様をとても大切にされておりましたので、このことを知れば心を痛められると危惧《きぐ》した軍務卿の配慮《はいりょ》にございます。軍務卿のカイザ様はレフィア王女の婚約者《こんやくしゃ》であられますゆえ」

ふうん。大切にしていた妹は三ヶ月前に死に、父親は死の床。精神的に参っている状態のところに、偽王女が他国に干渉《かんしょう》しようとしているなんて聞いたら心労が重なって第一王女もどうなるかわからないよな。わからんでもないが……なんか引っかかるんだよな、この男。

ドライフ大使の目がなんか焦点《しょうてん》が合ってないというか、こっちを見ているようで見ていないというか。僕の言葉に対して、受け答えの反応もなんか鈍《にぶ》いし。

「ともかくこれでは判断を下しようがない。あなたもヤンチェ殿もノキア王国の大使のメダルを持っている。我々にはそれしか判断できないのでね」

どちらも同じ国の正しい外交官となれば、それ以上はそちらの国の問題だ。僕らが口を挟《はさ》むことじゃない。

挟むことじゃないんだが……。どうにもこのドライフって男が薄気味悪《うすきみわる》いんだよね。いや、好《す》き嫌いでこういう判断しちゃいけないってのはわかってるんだが。

「……もともと貴国には関係のないこと。偽王女一行を引き渡していただけますか？」

「いやまあ、断る理由はないけど――」

「いえ、お断りします」

「え？」

突然《とつぜん》の声に振り向くと、いつの間にか玉座の横にユミナが来ていた。みんなはいないが、どうしたんだろう？

「話は全《すべ》てパフィア殿下《でんか》から聞きました。ノキアに帰ってカイザ軍務卿に伝えなさい。逃《に》げるなら早いうちにした方がいいと。いえ、もう伝わっているのかもしれませんが」

真《ま》っ直《す》ぐにドライフ大使を睨《にら》み付《つ》け、厳しい声で言葉を紡《つむ》ぐユミナ。彼女《かのじょ》がここまで怒《いか》りを向けるのは珍《めずら》しい。パフィア王女から何を聞いたんだろう？　ちょっとコワイ。

「冬夜さん」

「はっ、はい⁉」

「【神眼】であの者を見てください」

「え？　【神眼】で？」

言われるがままに両眼に神気を宿し、ドライフ大使を捉《とら》える。ええっと……。

なんだありゃ⁉　ドライフの体内になにかガス状のモノが見える。ガスというか煙《けむり》というか。身体の隅々《すみずみ》まで巡っているぞ。

「何が見えました？」

「なんか身体の内側にガスのようなモヤのようなモノがある。なんだこれ？」

「この者はその何かに取《と》り憑《つ》かれています。おそらくは悪霊《あくりょう》の類《たぐ》いかと。私の魔《ま》眼《がん》でも複数の存在を捉えています」

ユミナの言葉を聞いたドライフ大使がやおら立ち上がる。焦点の合ってない目はぼんやりと虚空《こくう》を見つめていた。

『グ、ガ、オボァ、忌々シイ……。パフィアメ……。あの時死ンでいレば、ヨかっタものヲ……』

ドライフ大使から別の声が聞こえてきた。いや、ドライフと誰か別の声との合成音声という感じだが。

「ドライフ大使は操《あやつ》られているってことか？」

「たぶん、そうかと。私の魔眼では片方は濁《にご》りきった感覚がありますが、もう片方はそれがありません。こちらがこの人本来の資質なのではないかと思います」

つまり、今まで話していたドライフは本来の人物と違うってことか。

しかし悪霊か。人に取り憑く魔物《まもの》は割と多い。しかし大抵《たいてい》は暴れたり、意味不明な行動をとったりするものだが。先ほどまでのドライフを見る限り、きちんと応対もしていた。魔物にしては『理性的過ぎる』。となると……。

「召喚獣《しょうかんじゅう》、か」

『ワ、ガ名は、いプてぃまス。偉大《いだい》、ナるカイザ様がしモベ……。パフィアに死ヲ与《あた》えン』

イプティマス？　へえ、喋《しゃべ》るのか。会話ができる召喚獣を呼び出せるってことは、かなりの使い手だな。

普通、召喚獣をずっと顕現《けんげん》させておくには術者の魔力が必要になる。それをこいつはドライフに宿ることによって、必要な魔力コストをカットしているのだ。いわば寄生しているわけだが、宿主本人のように振る舞《ま》うってのは、記憶《きおく》とかも共有してたりするのかね。

「とりあえずまともじゃないってのはわかった」

ドライフの周りにいたノキアの騎士《きし》四人が立ち上がる。それぞれ武器は取り上げているから丸腰《まるごし》だが、【神眼】で見る限り、こいつらの中にも悪霊的なものが入り込んでいた。

謁見の間にいたレインさんたちが、漂《ただよ》い始めた不穏《ふおん》な空気に反応し、腰《こし》にした剣に手をやる。

とりあえずあの悪霊的なものを引っぺがすか。

「【光よ来たれ、輝きの追放、バニッシュ】！」

「え？」

僕が使おうとしていた魔法を、突然飛び込んできたリンゼがドライフたちに向けて放った。

『ぐ、ガ、ウギュあ、アアァァァ⁉』

苦悶《くもん》の雄叫《おたけ》びを上げながら、ドライフや騎士たちの口から濁った煙状のものが吐《は》き出される。うわあ……。なんかエクトプラズムみたいな感じになってるぞ。

吐き出された五人はその場でバタバタと倒れる。

アンデッドなら消滅させることができたんだろうが、あれは一応召喚獣らしいからなあ。

『おノレ……！　オノれオのレオノレおノレエェェェェ！』

五匹《ひき》の悪霊……これはスペクターかな？　かと思いきや、一つに合体しやがった。どうやら分体することで複数の人間を操れるらしい。もともと一つの存在、イプティマスとかいう奴だったってことか。

濁った煙のような中に、金色に光る怪《あや》しい二つの目が見える。スペクターの憎々《にくにく》しげな双眸《そうぼう》が僕らへと向けられた。

「【ブースト】ッ！」

双子《ふたご》の妹の後ろから飛び出したエルゼが、床を蹴《け》り、大きくスペクターへ向けて跳躍《ちょうやく》した。その両の手には晶材装甲《しょうざいそうこう》のガントレットが装備されている。

『バかメ！　スぺくターに拳《こぶし》などきクか！　取り憑いテくれルわァァァァァ！』

「バカはアンタよ」

エルゼのガントレットが黄金の光を放つ。あのガントレットはエルゼの意思により、内包された六属性の魔力が付与《ふよ》されるようになっているのだ。エルゼに頼《たの》まれて僕が最近エンチャントした。ゆえに、スペクターにだってダメージを与えられる。

「武神流・光覇《こうは》閃拳《せんけん》！」

『グ、ギャオアァァァァァァ⁉』

エルゼの繰り出した光の拳に体の中心を貫かれたスペクター。たちまち霊体《れいたい》は千切れ飛び、跡形《あとかた》もなく雲散霧消《うんさんむしょう》する。

『カい、ざ……サマ、もウしわケ、ありマ……』

主人に思念を送ったのだろう。消滅する前にスペクターの声が聞こえた。

ノキアにいるカイザ軍務卿とやらもこの状況《じょうきょう》を把握《はあく》しているはずだ。召喚獣と契約者《けいやくしゃ》は

閃光覇拳

念話でやり取りができるからな。

しかし……いいとこ全部もってかれちゃったなあ。

「冬夜さん、あの人たちに【リカバリー】をお願いします」

「え？　ああ、はいはい」

ユミナに言われるまでボケッと玉座に座《すわ》っていた僕は慌《あわ》てて立ち上がる。それくらいはやらないとな。

倒れている五人に【リカバリー】【リフレッシュ】【エリアヒール】をかけておいた。これでじきに目を覚ますだろ。

「ドライフ殿……！」

副団長のニコラさんに連れられてヤンチェ大使が謁見の間に現れた。

続けて八重やルーたちとともにパフィア王女と侍女のリシアさんがやってくる。

ノキア王国からやってきた三人は倒れている同郷の者たちの顔を覗《のぞ》き見《み》た。

「大丈夫《だいじょうぶ》。この五人は気を失っているだけだ。霊的魔物《れいてきまもの》に操られていたようだけど、身体に異常はないはずだ」

「やはり操られていましたか……カイザめ……！　許せない……！」

ぎりっ、と歯を食いしばり、怒りの表情を見せるパフィア王女。いや、王女なのか？

まずそこを確認しよう。

「ドライフ大使が……いや、正確には取り憑いてたスペクターがあなたを偽物と言っていたが、そこんところはどうなんだ？　僕の掴《つか》んだ情報でもパフィア王女は三ヵ月前に事故で死亡したとなっているが」

「それは違います。私は正真正銘《しょうしんしょうめい》、ノキア王国の第二王女、パフィア・ラダ・ノキアです。その死は軍務卿であるカイザが、私の偽者の遺体を使ってでっち上げたものです」

きっ、とこちらに向ける眼差《まなざ》しには曇《くも》りひとつないような気がした。まあ、他人に取り憑いて操るような輩《やから》の言うことを、ほいほい信じる方が難しいけどさ。

「ってことはひょっとしてそのカイザって奴が落馬事故も？」

「はい。邪魔な私を殺し、姉と結婚《けっこん》してノキアを乗っ取ろうとしていたのです。あの者の企《たくら》みを私が知ってしまったために、命を狙《ねら》われ、ノキアには戻《もど》れなくなってしまいました。

そんな時、ゼノアスでヤンチェに出会ったのです」

パフィア王女の視線がヤンチェ大使に向けられる。ヤンチェ大使は頼《たよ》りなさげな引き攣《つ》った笑みを浮かべた。

「わ、私はゼノアスからノキアに帰る途中だったので、事のあらましをほとんど知らず、パフィア王女に従ったまででして……。私も、あ、あの軍務卿は怪しいとずっと思っていたものですから、ハイ」

カイザという奴はこの数年で急に力を伸《の》ばし、メキメキと頭角を現していったんだそうだ。しかし、その不自然すぎる出世や、カイザを取り巻く人間たちのおかしな行動に疑念を持つ者もいたという。

「このドライフもその一人です。かつては温厚《おんこう》で人当たりのよかった男が、ある日突然、カイザの信奉者《しんぽうしゃ》になった。カイザの有利になるように宮廷《きゅうてい》内で動くようになったのです。そのあまりの変わりように、なにかが取り憑いているんじゃないかと噂《うわさ》されたほどで……」

噂通り本当に取り憑いていたわけだ。あそこまで普通の人間のように振る舞えたらちょっとわからないよな。

「パフィア王女は軍務卿を倒すために、味方を探していました。それで冬夜さんの下へ来たそうです」

「なら普通に頼んでくれたらよかったろうに……」

十人目の嫁《よめ》とか変な売り込みしないでもさ。ユミナの言葉に顔をしかめる僕に、慌ててパフィア王女が頭を下げる。

「すっ、すみません……！　あ、あ、あの、陛下は比類なき女好きで婚約者たちに甘々と聞いておりましたので、私もそうなれば、きっと……と」

「またかよ⁉」

なんでそんな話が飛びまくってんの⁉　誰《だれ》か僕に恨《うら》みを持っている奴があることないことベラベラ喋っているのか⁉　風評被害《ひがい》レベルだろ、これ！

「冬夜さん、先ほど私たちは話し合って、パフィア王女に力を貸したいと思いました。冬夜さんが許していただけるなら、私たちだけでノキア王国へと向かいたいのですが」

「え？　ユミナたちだけで？」

どういうこと？

「ユミナたちだけでノキアに……？　え、なんで？」

「さっきパフィア王女に事のあらましを全て聞いたわ。今の召喚獣や、彼女の話から察するに、カイザ軍務卿ってやつは間違《まちが》いなく憑依《ひょうい》術師……。悪霊を使役《しえき》し、人に取り憑かせ、思いのままに操る死霊使い《ネクロマンサー》の一種よ」

リーンがユミナになりかわり答えてくれたが、まだよくわからないんだが。憑依術師？

リンゼが補足するように説明してくれる。

「バビロンの『図書館』で読みました。憑依術師は、意志の弱い人間や、負の感情が強い者、心のスキマがある者に取り憑かせることができる魔術《まじゅつ》。宮廷といえば権謀術数《けんぼうじゅつすう》の巣窟《そうくつ》ですし、操り放題だったのでは、と思い、ます」

ああ。僕もちょっとだけ読んだことがあるような。死体は操れないけど、生きた人間を操り人形のようにしてしまう闇《やみ》属性から生まれた古代魔法だっけか？　よく覚えていないが。

「えっと……その憑依術とやらを使って、カイザって男はノキアでのし上がっていったってこと？」

「それだけじゃありません。その男はうら若き乙女《おとめ》をも操り、自分の思うがままにしていたようです。男の風上にも置けない最低な男です」

ヒルダが吐き捨《す》てるように呟《つぶや》く。正々堂々がモットーのレスティアの姫騎士《ひめきし》としては決して許せないのだろう。その両目には怒りの炎《ほのお》が揺らめいて見えた。

他人《ひと》を操れる。そんな力を手にすれば、大抵の人は自分の欲望を満たすためにその力を使うのかもしれない。カイザとやらもその欲望に負けた一人ってことか。

「カイザってヤツは、取り憑かせた貴族に自分の娘《むすめ》を差し出すように命じたりもしてるらしいわ。お気に入りの女は侍《はべ》らせて、飽《あ》きた女は捨てるようなこと平然としているそうよ」

「許せませんわ。女の敵です！　腸《はらわた》が煮《に》えくり返《かえ》りそうですわ！」

「まったくでござるな。人の心を弄《もてあそ》ぶ外道《げどう》に天誅《てんちゅう》を下さねばなるまい」

エルゼ、ルー、八重もかなり怒《おこ》っているようだ。なんだろう、僕のことじゃないのに、なんか怖《こわ》い……。僕も闇魔法《やみまほう》を使えば他人を操ることができるからなあ。

「幸い……と言っていいのか、ノキア国王と第一王女は心の強い方で、憑依されないで済んだようだけど……」

ちら、とリーンがパフィア王女に視線を向ける。

「カイザは貴族議会を動かし、姉様を自分の婚約者になるように仕向けました。議会の人間のほとんどもカイザの派閥《はばつ》となってましたが、今にして思えばあれも悪霊を憑依させて操っていたのでしょう。病床《びょうしょう》にある父上の力では覆《くつがえ》すことはできなかった……。その上、カイザは私のことまで狙っていました。それを知った姉様は私を逃《のが》してくれたのです。犠《ぎ》牲《せい》になるのは自分だけでいいと……。しかし逃げる途中、追っ手に追いつかれ、戦っているうちにリシアとともに崖下の川へ落とされて……」

向こうはそれで二人とも死んだと思い、引き返したのか……。あれ？　じゃあ偽遺体《にせいたい》は？

「おそらく……カイザが姉様を動揺《どうよう》させるためにしたのではないかと……」

「支えにしていたものが折れると、人間ってのは心にポッカリと穴が空く。心が弱くなる。悪霊がつけこむにはちょうどいいってわけね」

腕組《うでぐ》みしながらリーンがそう返した。足元でポーラがムキーッと、地団駄《じだんだ》を踏《ふ》んでいる。

ぬいぐるみのくせにいきり立つなよ。僕もクズ野郎《やろう》だとは思うけど。

「じゃあ、第一王女はもうカイザの操り人形にされてるんじゃ……」

「いいえ。姉様はそんな弱い女じゃありません。私が死んだと聞かされても、国のために私情に走ることはないでしょう。だからこそカイザは姉様との結婚を強行に進めると思います。父が死ねば次期王位を継ぐのは姉様。結婚すればカイザはその王配となります。そして……」

「王位に就《つ》いた第一王女が死ねば、カイザにお鉢《はち》が回る……」

こくんとパフィア王女が頷《うなず》く。結局は王位簒奪《さんだつ》か。

ヤンチェ大使にブリュンヒルドに来る前に、なぜゼノアスに仲介《ちゅうかい》を頼まなかったのかと聞くと、以前魔王《まおう》陛下に僕の話をしたとき、かなり不機嫌《ふきげん》になったからだそうで。

ヤンチェ大使はそれを知っていたから直接こっちへ来たらしい。仲が悪いわけじゃないんだよ？　おそらく日頃《ひごろ》から娘に冷たくされているやっかみかと思うが。

まあ、ノキアのお家事情はわかったけど……。

「なんでユミナたちだけで？」

「女を道具としか見てないようなこんなクズは、女の手で裁きを受けるべき。…………ちょん切る」

無表情に桜がゾッとするようなことを口にして、指をハサミのようにじょきんと動かした。続けてヒルダが口を開く。

「我々はノキア王国第二王女、パフィア殿下の要請《ようせい》を受けて、その真偽《しんぎ》を確かめにノキアへ参ります。少なくともノキアの軍務卿であるカイザの召喚獣がブリュンヒルドの王宮で暴れ、国王たる冬夜様の婚約者を襲《おそ》ったのは事実。その報《むく》いは受けてもらわねばなりません」

婚約者を襲った……？　婚約者《エルゼ》に襲われたの間違いじゃ、

「なによ」

「いや、なにも」

エルゼが睨んできたので視線を逸《そ》らす。ま、まあ『取り憑いてやる』とか言ってたし、害意は確かにあったよな。

「やっぱり僕も行った方がいいと思うんだけど……。憑依術師なんだよ？　悪霊に取り憑かれたらどうするんだよ。それにスゥまで行くことは……」

「いつまでもわらわを子供扱いするでない。もう立派なレディじゃぞ。少しは信用するがよい。冬夜はわらわたちを信じておらぬのか？」

「いや、そりゃあ信じてるけどさ……」

少しむっとしながらスゥが睨んでくる。最近の彼女は子供扱いされると機嫌《きげん》が悪くなるのだ。

とはいえ、信用はしてはいるが、心配なものは心配であり……。

「私もついていくから心配はいりませんよ」

「え？」

むむむむむ……と悩《なや》んでいる僕の後ろから優《やさ》しげな声が飛んできた。振《ふ》り向くと、そこには手編みのショールをまとった時空神……もとい時江《ときえ》おばあちゃんが立っていた。

「時江おばあちゃんもいくの⁉」

「私もたまには動かないとね。それに私ならみんなを転移させられるし、行きも帰りも楽でしょう？」

おばあちゃんがにこやかに微笑《ほほえ》む。いや、送《おく》り迎えくらい僕がやるのに。

「あなたがこの子たちを大切に思っているのはわかるけど、守るだけが愛情じゃないのよ。時には信じて待つのも愛情のひとつ。これからそんな場面がたくさん出てくるんだから、今のうちに慣れておかないとね。今回のことはいい予行練習よ」

おばあちゃんに言われてハッとした。僕がこのままこの世界を管理する神族の一人となったら、そんな状況はたくさん出てくるだろう。地上に干渉したくても、ルールを破らない程度の手助けしかできないような状況が。

ユミナたちは僕や花恋《かれん》姉さんたちの『神の愛』で眷属化《けんぞく》している。そして時江おばあちゃんも一緒《いっしょ》だ。何を心配する必要がある？

「………わかった。だけど無理はしないでくれ。なにかあったらすぐ連絡《れんらく》を」

「だーかーらー。大丈夫《だいじょうぶ》だって言ってるでしょうが。あんた心配しすぎ！」

うぐっ。エルゼにため息交じりに言われる。さすがにしつこかったか……。

「というわけで私たちがあなたを助けるわ。大船に乗った気でいなさいな」

「みなさん……私《わたくし》なんかのために……ありがとうございます！　本当にありがとうございます……！」

感極《かんきわ》まったのか、リーンの言葉にパフィア王女は大粒《おおつぶ》の涙《なみだ》を流して頭を下げた。続けてヤンチェ大使とリシアさんも深々とユミナたちに頭を下げる。

「……というか、ここで冬夜さんが自らパフィア王女を助けたりしたら、間違いなく十人目になってしまいますから、ね」

「なんだかんだでね。ルーのパターンよね、これって」

「わっ、私の時と一緒にしないで下さいませ！」

「冬夜の嫁が増えるのはいいことのようにも思えるがのう？」

「スゥは甘《あま》い。これ以上増えたら私たちの取り分が無くなる」

「取り分ってなんでござる……？」

「ともかくその最低男は我々で片付けるのが一番ですよね……」

なんか不穏な会話が聞こえてくるんだが、聞かなかったことにするのが利口な男なんだと思う。……たぶん。

◇　◇　◇

「てなことがあってさ……」

「なるほど。冬夜も大変だねえ」

エンデは手にした果実水を飲み干し、酒場のマスターにお代わりを頼んでいた。

冒険者《ぼうけんしゃ》ギルドの横にある酒場『戦乙女《いくさおとめ》の翼《つばさ》』亭《てい》は今日も賑《にぎ》やかだ。その一番目立たない端《はし》っこの席が僕《ぼく》らの指定席で、最近はエンデと愚痴《ぐち》ったり愚痴られたりのどうでもいい話を駄弁《だべ》っている。

騎士団《きしだん》の連中も来るので、一応【ミラージュ】で姿を変えている。気を遣わせちゃ悪いからね。

「女の子だけで、ってのは大事なコミュニケーションの条件なんじゃないのかな。僕のところもそうだからね」

「エンデのところもか」

「メルとリセ、ネイだけで出かけることも多くなったよ。僕は誰かさんみたいに心配したりはしないけど」

ぐっ。悪かったな。心配症《しんぱいしょう》で。子供が近所に買い物に行くのとは違うんだぞ。

「男はどっしりと構えていればいいのさ。そういう姿に彼女たちも安心を覚えるんだよ。冬夜にはわからないかなあ」

「……お泊《と》まり会のパーティーに邪魔だからって家を追い出された奴のセリフとは思えんな」

「ぐふっ」

胸を押さえてエンデがテーブルに突《つ》っ伏《ぷ》す。メルたちは僕らだけじゃなく、宿屋『銀月《ぎんげつ》』のミカさんやウェイトレスのフルールさん、騎士団のレベッカさんにスピカさん、冒険者のソニアさんや『紅猫《あかねこ》』のエストさんなんかとも仲良くなった。今日はそんなみんなとお泊まり会なんだそうだ。で、邪魔なエンデは家を追い出されたってわけで。

「メルに友達《ともだち》ができたのはいいことだけどね……。僕らも男たちだけで夜通し騒《さわ》ぐべきかな⁉」

「悪い、こないだやった」

「なんで誘《さそ》ってくれないのさあ！」

いや、そんないいもんじゃないから。徹夜《てつや》で麻雀《マージャン》だから。まあ、次があったら誘ってやるよ。

僕はテーブルの上のポテトチップスを口へと放《ほう》り込む。美味《うま》い。

「へい、お待ちどうさん」

マスターがやってきて果実水のお代わりをエンデに、テーブルの上に酒のつまみを三皿並べて置き、最後に蒸留酒と氷の入ったグラスをトン、と置いた。あれ？

「え、頼んでないけど……？」

「にゃはは〜。レグルス産のこのお酒を飲む機会をずっと待ってたのだ〜。なかなか入荷《にゅうか》しないし、狩奈ちゃんはケチでお金くれないしさ〜。どらら、まずは一杯《いっぱい》……」

いつの間にか僕らのテーブル席に座っていた酔花《すいか》がグラスに手を伸ばす。お前の仕業《しわざ》かこんにゃろ。

香《かお》りを楽しんでから、グラスを一気に呷《あお》ろうとする酔花の手をはっしと掴む。

「飲んでいいと言った覚えはないが？」

「にゃはは……。か、かわいい妹分に奢《おご》ってくれるかと……」

「僕との約束は覚えてるよな？」

「えっとぉ……。夜は飲みに行かない、だった、か、な……」

酔花は酒神ではあるが、見た目は七つほどの子供である。昼間ならまだしも、夜に子供が出歩くといろいろと問題があるし、トラブルの原因にもなりかねない。だから特別な理由がない限り、日が暮れたら酔花が酒場に行くのを禁止しているのだ。

「あちし、冬夜お兄ちゃんを探してたのだ。そしたらエンデの兄ちゃんと酒場にいるって聞いたから、」

「ついでにこの酒を飲もうと？」

「そ、そう。ついでに。うん、ついでに」

焦《あせ》りながらも酔花は、にゃはは、と笑う。はぁ、もう注文しちゃった以上、仕方ないけどさぁ。

「……今日だけだぞ」

「やっふぅ〜。冬夜お兄ちゃん話せるぅ〜」

解放された酔花はぐびりとグラスを傾《かたむ》ける。

「くっはぁ～。たまらんなぁ～。五臓六腑《ごぞうろっぷ》に染《し》み渡るよぅ」

「おっさんか」

しっかし、実に美味そうに飲むな、こいつは。エンデも呆《あき》れて笑っている。これも酒神の力なんだろうか。場を和《なご》ませる、とか？

「で、なんで僕を探してたんだよ。ていうか、スマホに電話よこせばそれですむだろう？」

「にゃはは。酒場にいると聞いた時点でその選択肢《せんたくし》はなくなったのだ。んとね～、近々一神《ひとり》地上に降りるからよろしくって」

「え？　結婚式《けっこんしき》の招待者か？」

「んーん、違《ちが》うよ。冬夜お兄ちゃんと話したいから直接降りてくるって」

降りてくるって……。簡単に言うなあ。上級神でもなけりゃ世界神様に許可をもらわないと降りられないんじゃなかったっけ？　誰だ？

果実水を飲みながら酔花に尋《たず》ねてみる。

「えっとね、破壊《はかい》神」

「ぶうっ⁉」

「汚《き》ったな⁉」

正面にいたエンデの顔面に、含《ふく》んでいた果実水を盛大にぶちまけてしまった。

はっ、破壊神⁉　あのいらなくなった世界や、神々の管理を離《はな》れた世界を消し去ってしまうっていう破壊神⁉

「ちょちょ、ちょっと待て！　なんで破壊神が世界神様じゃなくお前経由で連絡よこすの⁉」

「え？　だって、飲み友達だから」

マジか⁉　そんな気安い仲なの⁉

「破壊神がなにしに来るんだ……？」

「さあ？　冬夜お兄ちゃんに先輩《せんぱい》としてビシッと言うことでもあるんじゃないのかにゃ〜。あの神《ひと》も世界神様の眷属だし」

そうなのか……。ってことは直系の大先輩ってことか？　なにしに来るんだよ、ホントに……。

「冬夜……あんまり聞きたくない話を聞いちゃった感があるんだけど……。この世界、消《しよう》滅《めつ》したりしないよね？　もしするならメル連れて逃げ出したいんだけど」

「いや、それは大丈夫……だと思うけど」

引きつった笑いを浮《う》かべるエンデに、同じく引きつった顔で答える。いくら破壊神だとはいえ、理不尽《りふじん》に世界を破壊したりはしないと思う。……たぶん。

神様カンパニー新入社員・望月冬夜、破壊神大先輩にいびられるの巻、とかじゃないよな？

ユミナたちとは別に、こっちはこっちで悩みごとができちゃったなあ。僕は残った果実水をぐいっと飲み干した。

◇　◇　◇

「ふん、イプティマスの奴やられやがったか……。使えん奴め。小娘《こむすめ》一人に振り回されおって……」

男は思念の切れた召喚獣に毒づいた。城のバルコニーに出ると、冷たい風とともに険しい山々の間に建ち並ぶ街並みが見える。ノキア王国の王都シェンバラは、山岳《さんがく》地帯に囲まれた天険の要塞《ようさい》であった。城下町のいたるところで黄色い長三角の国旗がたなびいている。

男はこの国の全軍を率いる総司令官を任された軍務卿であった。身にまとう黒衣《こくい》の長袍《ちょうほう》と、首から下げられた、金銀珊瑚《さんご》、瑪瑙《めのう》などで作られた玉飾《たまかざ》りがその地位を表している。年《とし》の頃《ころ》は三十代半ば。赤髪《せきはつ》で背は高く、顎鬚《あごひげ》はないが口髭《くちひげ》が生えている。城下を見下ろす垂れ目がちな両の眼《め》は澱《よど》んだ光をたたえていた。

ガチャリと扉《とびら》が開かれて、一人の男が部屋へと入ってくる。男は背筋の曲がった小男で、青い袍を着ていた。これは武官の地位を表している。つまり軍務卿である男の部下だ。

『お呼びでしょうか、カイザ様……』

「イプティマスがやられた。パフィアがブリュンヒルドを味方につけたようだ。忌々《いまいま》しい奴《やつ》よ。諦《あきら》めて我の人形となればいいものを……」

『ブリュンヒルドなど恐《おそ》るるに足りませぬ。「エルクスの遺産」を受《う》け継《つ》いだカイザ様の足下《あしもと》にも及《およ》びますまい』

「ふん、当然だ」

青い袍の小男は唇《くちびる》を全く動かさずに声を発した。発した声はこの男の声ではない。カイザが取り憑かせた悪霊《スペクター》の声である。

すでにこの小男の意識は無く、憑依術師たるカイザの操り人形と化していた。

「ゼベータ。お前がイプティマスの仕事を引き継げ。パフィアを攫《さら》ってこい。できなければ殺せ」

『御意《ぎょい》』

「それとベッドの上の女を片付けろ。いつも通り奴隷《どれい》商人に売《う》り渡《わた》してこい」

ちらりとゼベータと呼ばれた小男が、ベッドの上で白目を剥《む》いて気絶している全裸《ぜんら》の女を見遣《みや》る。この女は伯爵令嬢《はくしゃくれいじょう》……だった娘だ。カイザの手によりこの娘の父である伯爵は多大な借金を背負い、自殺した。

確かその借金を肩代《かたが》わりする名目で、娘を手に入れたはずだが。

『もうよろしいので？　手に入れるのに苦労なさったのでは？』

「いうことをきかぬ女などいらぬわ。一晩で充分《じゅうぶん》だ」

もう興味はないとばかりにカイザが言い放ち、部屋を出て行く。

部屋に残されたゼベータがよく見ると、女の身体のあちこちに鞭《むち》で叩《たた》いたような痕《あと》がある。おそらくかなり抵抗《ていこう》したのではないだろうか。

カイザの憑依術は心の強い人間にはきかない。この娘は父の借金を背負いながらも心は折れていなかったのだろう。

ゆえに、心を折ろうとカイザが無茶《むちゃ》をした成れの果てがこの娘の姿だった。

『相変わらず人間の心の隙《すき》を突くのが下手なお方だ。もう少し人心を堕《お》とす術《すべ》を身につければ、稀代《きたい》の憑依術師になれように』

主人の批判を口にしながら、ゼベータはベッドの上に横たわる女を宙に浮かび上がらせた。全身傷だらけである。元伯爵令嬢とはいえ、これは安く買い叩かれるな、とため息をついた。

◇　◇　◇

「ほほう。ここがノキア王国の王都でござるか」

キョロキョロと物珍《ものめずら》しそうに八重が周囲に目を配らせる。

ノキアの王都、シェンバラは雰囲気《ふんいき》としてはミスミドの王都、ベルジュに似ていた。しかし建物は日干しレンガではなく、木の柱と漆喰《しっくい》でできており、どちらかというとイーシェン寄りにも思える。様々な家が立ち並び、そこらかしこに長三角の黄色い国旗がはためいていた。

時空神たる時江の転移術で、冬夜の婚約者《フィアンセ》である、ユミナ、ルー、エルゼ、リンゼ、八重、ヒルダ、スゥ、リーン、桜の九人と、案内役であるパフィア王女に侍女《じじょ》のリシア、それに熊《くま》のぬいぐるみが一匹、ノキアの王都へと足を踏み入れた。

パフィア王女は追われる身であるから、その姿をフード付きのマントで隠《かく》している。もっとも他の者も同じ姿なのであるが。

ノキアはほとんど鎖《さ》国《こく》状態の国なので、あまり他民族がいない。そのため、服装からして目立つのである。まずはこの国の服を手に入れる必要があった。

パフィア王女もノキアの民族衣装は二、三着しか持っておらず、サイズも合わないので、現地で買うことにしたのである。

「あそこに入りましょう」

王女の侍女であるリシアが指定した服飾店《ふくしょくてん》にぞろぞろとみんな揃《そろ》って入店する。店内はかなり大きく、色とりどりの様々な衣装が棚《たな》やハンガーに並べてあった。服だけではなく、帽子《ぼうし》や襟巻《えりま》き、アクセサリーといった類のものまで揃っている。

「ノキアの服って色がカラフルですわね」

「そうです、ね。町の人たちを見て思いましたけど、一色で統一するより、いろんな色を身に付けるのがオシャレみたい、です」

並んでいる服を手に取りながらルーがそうつぶやくと、小さく頷いてリンゼが答えた。

もちろん、色の組み合わせにセンスを問われるのであろうが。ただたくさんの色を身につければいいというものではないはずだ。

「服と合わせるアクセサリーもいっぱいあるのう。ジャラジャラたくさん身に付けるのはあまり好きではないんじゃが」

スゥが壁《かべ》に設置してある棒にぶら下がるたくさんのネックレスを見ながら眉《まゆ》をひそめた。

「それぞれ身に付ける宝石や石によって意味があるんです。例えば男女共通だと、瑪瑙は独身者を表し、翡翠《ひすい》は既婚者《きこんしゃ》を。男女別だと、虎目石《とらめいし》は長男を表し、紫水晶《むらさきすいしょう》は長女を表したりといった風に」

「なるほど。一目でその人の人物像がある程度わかるわけですか」

リシアの説明にユミナが感心したように頷く。とはいえ、馬鹿正直《ばかしょうじき》に敵地でプロフィールを語る必要はないので、アクセサリーの方はパフィア王女が適当に組み合わせることにした。

帯はこの色が、帽子はこっちの方が、と賑やかにコーディネートを楽しむ。この場に冬夜がいたのなら、長い待ち時間に間違いなくげんなりとしていたことだろう。

一人さっさと自分の服を決めた時江は着衣に手間取っているスゥを手伝っていた。

「はい、これでいいわ」

「おばあちゃん、ありがとうなのじゃ！」

スゥは笑顔《えがお》で時江に抱《だ》きついた。スゥはすっかり時江に懐《なつ》いてしまっている。もともとスゥはおばあちゃんっ子の気質があったので、優しくて品のいい時江をいっぺんで好きになった。リンゼとメルたちが習っている編み物を自分も習おうと考えている。

他のみんなもあらかた着替《きが》え終わったようだった。ちなみにパフィア王女とリシアだけは未《いま》だにフード付きのローブを着たままである。

その下には同じような衣装を身につけているが、王女ということがバレてはマズい。どこでカイザの目が光っているかわからないからだ。リシアも知り合いがいないとは限らないので、念には念を入れてフードをかぶっている。

冬夜がいれば、無属性魔法《まほう》の【ミラージュ】で姿を変えるところだ。光魔法の【インビジブル】でパフィアたちだけが姿を消してしまうと、こちらからは認識《にんしき》できないので、それもまた面倒《めんどう》なのである。それに【インビジブル】は人の密集した場所とは相性《あいしょう》が悪い。

全員が着替え終わるとユミナたちは代金を払《はら》って店を出た。賑わう通りでも、どこか風変わりな一団と見られる感はあるが、特に注意を引かれることはなかった。

「さて、ここからが問題よね」

エルゼが買ったばかりの服の襟《えり》を正しながら、遠くに見えるノキアの王城に視線を向けた。

ノキアの王城は小高い山の上に、さらに高い白壁《しらかべ》でそびえ立つ白亜《はくあ》の宮殿《きゅうでん》である。山の上に建てられたというより、まるで山そのものが宮殿のような様相を見せていた。

もともとノキアの宮殿は古代遺跡《いせき》のあった場所に建てられたもので、パフィア王女の話では、王宮の地下にはいくつかのダンジョンが今でも存在するらしい。彼女《かのじょ》が使った合成魔法もそのダンジョンで見つかった魔法書から会得《えとく》したものだという。

「まずは父様と姉様になんとか連絡を取らないと……」

「ですが王宮にはそのカイザという黒幕の軍務卿《ぐんむきょう》がいるんですよね？」

「そやつの操《あやつ》り人形と化した人たちも、でござる。王宮はまさに魔窟《まくつ》と化しているでござろう」

パフィア王女の言葉にヒルダと八重が答える。

王宮ともなるとパフィア王女を知っている人間も多いだろう。それだけカイザに発見されるリスクも大きくなるし、あまり事を荒《あら》らげると、無関係な犠牲者《ぎせいしゃ》が出るやもしれぬ。カイザに操られている人間とて決して悪人というわけではないのだ。

「冬夜さんがいれば転移魔法を使ってもらって忍《しの》び込めるかもしれません、けど……」

ちらりとリンゼが同じ転移魔法を操る時江に視線を向けると、優しげな老婆《ろうば》はにっこりと微笑みながら口を開いた。

「確かに私ならみんなをあのお城の中へと送れるけれど、貴女《あなた》たちはそれでいいのかしら？　冬夜君にあれだけ自分たちの力で、と言っておいて、すぐに私の力を借りてはちょっと格好がつかないのではなくて？」

「……確かにちょっと情けないです、ね」

「ですわね。ここは時江様のお力添《ちからぞ》え無しでいきましょう。私《わたくし》たちならできるはずですわ」

ルーの言葉にみんなが小さく頷く。その中で桜がビシッと手を上げた。

「私なら【テレポート】で城内に入れるかもしれない。【ゲート】と違って【テレポート】は阻害《そがい》されにくいから」

「確かに【テレポート】は【ゲート】のように一度行ったところじゃないと転移できないというわけじゃないけど、貴女、ダーリンみたいに複数人連れて跳《と》べる？」

「……むう。一人、二人ずつなら、なんとか」

「転移先がわからないから、最悪そのカイザの真正面に転移するかもしれないわよ？」

「ぬぐう……」

【テレポート】は方角と距離《きょり》を設定して転移する魔法だ。その設定は術者の感覚によるものが大きい。例えていうなら離れたゴミ箱に空《あ》き缶《かん》を投げ入れる行為《こうい》に近い。

運良く入ればいいが、ズレると狙ったところには入らないのだ。もちろん練習次第《しだい》でピンポイントに投げ入れることができるようになるが、転移先がわからないということは、これに目隠《めかく》しをされるようなものである。

【テレポート】が長距離《ちょうきょり》転移に向かないのはそういった感覚頼りな部分があるからである。

もちろん見えてる範囲《はんい》でそこまでズレを気にしないのなら、かなり使える魔法なのは言うまでもない。

「下手に転移して見つかり、警戒《けいかい》を強めてしまうのは避《さ》けた方がいいかもしれませんね」

「とりあえず連絡が取れればいいのじゃし、ユミナ姉様か桜が召喚獣《しょうかんじゅう》を呼び出して、王宮に行ってもらうってのはどうじゃ？」

「私は王様にもらった指輪の魔力《まりょく》がニャンタローに直結しているし、ニャンタロー以外を呼び出すと自身の魔力が持たなくなるかもしれないからダメ。そしてニャンタローは隠密《おんみつ》行動には向いていない。……猫のくせに」

「私も隠密行動向けな召喚獣は契約《けいやく》してません。新たに、となると、狙った子が来てくれるかどうか……」

「あ、そうか。冬夜が簡単にやってたからてっきり勘違《かんちが》いしてたわね……」

「召喚獣って本当は何が召喚されるかわからないものだから、ね。冬夜さんは自由に呼び出してる、けど」

「むむむ、どうするでござるかなあ」

「あ、あのう……」

井戸端《いどばた》会議のように話し合いをしている外から、躊躇《ためら》いがちにパフィア王女の手が挙がり、みんなの視線が集まる。

「その、王族の者しか知らない、秘密の通路があります。そこを使えば王宮内に人知れず潜入《せんにゅう》できるかも……。す、すみません、なんか言い出すタイミングが掴《つか》めなくて……！」

先に言えよ、とばかりの九つの視線と沈黙《ちんもく》に、パフィアが小さくなる。

「……こほん。で、その秘密の通路とは？」

咳払《せきばら》いをひとつして、ルーが尋ねた。

「城内まで敵に攻《せ》められたときの脱出《だっしゅつ》ルートです。ほとんど……というか一切《いっさい》使われたことはないので、私も詳《くわ》しくはわからないのですが」

建国以来、天険の要塞としてほぼ鎖国を続けてきたノキア王国である。長い歴史の中で幾度《いくど》となくユーロンに攻められたが、王都まで攻められたことは一度たりとてない。脱出《だっしゅつ》路《ろ》が未使用というのも頷ける……というか大抵《たいてい》が使われる時は国が終わる時なので、ほとんどの国でもそうだろう。

王宮から王族などが逃《に》げ出《だ》すため、緊急《きんきゅう》時の脱出路などは必ず作られるものである。べルファスト王国の城にもあったし、そのベルファスト城をモデルにしたブリュンヒルドの城にも一応存在する。

パフィア王女の提案とは、この避難《ひなん》通路を逆手に取って、王宮内へ忍び込もうというものだった。

「王様の脱出路でござるか。それって我々に話してもよいので？」

「もはやそのような状況《じょうきょう》ではないので。それにもともとこの通路はダンジョンの一部を利用して作られているので、脱出路には向きません。全《すべ》てが片付いたら作り直します」

国王たる父に相談してから、というのが本来なら正しいのだろう。が、すでに国を乗っ取られているも同じような状況である。そのような些事《さじ》にこだわっていたら動くこともできないとパフィアは判断した。どのみちこのままではノキアはカイザの手に落ちてしまう。順番を間違えるわけにはいかない。まずは床《とこ》に伏《ふ》せる父王と姉の安全を確保しなければ。

「それでその脱出路はどこにあるんです、か？」

「王都の北に王家所有の鉱山があります。その中に」

「なるほどのう。よし！　じゃあそこへ向けて出発じゃ！」

「待って、スゥ。王家所有の、といったでしょう？　それなりに警備の者もいるはず。ここは夜まで待った方がいいわ」

「確かに。昼間にそのような場所をこの人数でウロついていたら怪《あや》しさ大爆発《だいばくはつ》ですわね。それに王宮も夜の方が人が少ないでしょうし」

勢い込んで飛び出そうとするスゥをユミナとルーが止める。不満気ではあるが、スゥも納得《なっとく》したので黙《だま》って従った。

「となると、夜までどうする？」

「宿をとって夜に備えて寝《ね》る」

エルゼの言葉に桜が即答《そくとう》する。ある意味、正しい答えだった。体力温存は基本である。

「その前に食事にしませんこと？　せっかく来たのですから、ノキアのお料理を味わってみたいですわ！」

「いいでござるな！　腹が減っては戦ができぬ。何事もまずは腹ごしらえでござる！」

ルーの提案に八重がすぐに賛同した。食に関してはこの二人、抜群《ばつぐん》のコンビネーションを発揮する。

城でも試験的に作ったルーの料理を食べる機会は八重が圧倒的《あっとうてき》に多い。ルーはたくさんの試行錯誤《しこうさくご》をしてみたいが、食材を無駄《むだ》にするのはやはりはばかられる。

しかし大食《おおぐ》らいの八重がいれば料理は無駄にならない。明らかな失敗作でなければどんな料理も八重は喜んで食べるからだ。その上、きちんと味に対しての意見を述べてくれるので、ルーとしてはありがたかった。

そんな二人がノキアの料理を欲《ほっ》するのは当然の成り行きとも言える。

他のみんなも食事をすることについてはなんの文句もないので、反対の手は挙がらない。

「では羊肉などはどうでしょう。薄《うすぎ》切りの羊肉と新鮮《しんせん》な野菜を甘辛《あまから》なスパイスで炒《いた》めた料理や、小麦の皮で羊肉を混ぜた具を巾着《きんちゃく》のように包んだ料理などがありますが」

フードを被《かぶ》ったままのパフィア王女の侍女、リシアが口を開く。パフィアは王都で生まれ暮らしても、そこのレストランや食事処《どころ》に入ったことなど一度もない。その点、リシアは学生時代に王都で何回かは外食をしていたので、いくらかは明るい。もっとも彼女も貴族の出身なので、まだマシ、というレベルではあるのだが。

とにかくみんなで食事ということに決まったので、移動することにした。その後は宿を決め、夜まで雌伏《しふく》の時を過ごす。

決行は今夜。長い夜が始まる。

◇
◇
◇

ぞろぞろと女だけ、十二人もの集団が息を潜《ひそ》ませながら夜道を進む。

幸か不幸か今宵《こよい》は月明かりがあり、それほど暗くはない。とはいえ慎重《しんちょう》に進まないと、足をとられる可能性もある。

ノキア王国王都の北にある王家所有の鉱山には、難なく忍び込むことができた。そもそもこの鉱山はすでに目ぼしい鉱石を取り尽《つ》くし、ほぼ利用されていないのである。

「こっちです。こっちに王宮地下の遺跡につながる入り口があるはずです」

パフィア王女の案内に従って進んでいくと、鉱山の一角に岩を貫《つらぬ》いて土魔法で固めたトンネルのようなものが見えてきた。

トンネルの高さは三メートルほどで、地下へと下るように伸《の》びている。当然ながら奥《おく》は真っ暗で何も見えない。

「【光よ来たれ、小さき照明、ライト】」

リンゼが小さな光の球を手のひらに生み出す。その明かりを頼《たよ》りに、でこぼことしているがゆるやかな下り坂を降りると、少し広めの坑道《こうどう》に出た。

道は丁字路《ていじろ》になっており、左右へと道が続いている。ちょうどその交差地点でパフィアの足が止まった。

「ここ……のはずなんですが。この先に地下通路があるはずです。こちら側からは入れないようになっているみたいです」

「この先に通路が？　普通《ふつう》の岩壁《がんぺき》にしか見えないでござるが……」

岩壁をひたひたと触《さわ》りながら、八重がつぶやく。同じようにリーンも岩壁を触ったり、コンコンと叩いている。

「【ミラージュ】のように幻影《げんえい》で岩壁と錯覚《さっかく》させているわけでもなさそうね。普通に砕《くだ》いて進むのかしら」

「向こうの通路には王族の魔力に反応する魔石《ませき》があって、それが鍵《かぎ》となり、ここの扉が開く仕組みだとか……」

「ああ、なるほど。土魔法を利用しているわけね」

リーンが納得したとばかりに小さく頷《うなず》いた。古来より、こういった地下遺跡やダンジョンでは、土魔法によるトラップやギミックはよくあることだ。これもそのひとつなのだろう。

「どうする？　砕く？」

「【エクスプロージョン】で吹《ふ》き飛《と》ばします、か？」

拳《こぶし》を握《にぎ》り締《し》める姉エルゼと、魔法を発動させようとする妹リンゼ。なんだかんだで思考が似ているのは双子《ふたご》だからだろうか。

「ここを壊《こわ》すのはマズいかもしれませんね。誰《だれ》かが侵入《しんにゅう》したという痕跡《こんせき》を残しますし」

双子の行動に苦笑《くしょう》しながらユミナが答える中で、桜が足元にあった石を拾い、岩壁を叩き始めた。訝《いぶか》しげな表情でスゥが声をかける。

「何をしてるのじゃ?」

「岩を叩いてる」

「いや、それは見ればわかるんじゃが……」

「響《ひび》く音に違いがある。厚さは五十センチもない。これなら『跳べる』。【テレポート】」

フッと桜の姿が消える。

「あっ!」

時江以外のみんなが驚《おどろ》く中、数秒後に再び桜が元の場所に姿を現した。

「大丈夫《だいじょうぶ》。この先はダンジョンの通路になっている。魔獣《まじゅう》なんかもいなそうだから、二人ずつ連れて跳べる」

「え? おっとと、桜殿《どの》!?」

「桜さん!?」

「【テレポート】」

シュンッ、と八重とヒルダの手を引いた桜が再び消える。彼女たちを一番最初に選んだのは、転移先に何かあった場合のためだ。

戻《もど》って来た桜は次にリーンとルーの手を握ってまた転移した。

パフィアとリシア、ユミナとスゥ、エルゼとリンゼ、と、その後桜は次々と壁の向こう側にみんなを転移させた。時江は自分で転移したが。

「……疲《つか》れた」

その割にはあまり疲れてないような顔をしている桜。事実、それほど疲れてはいない。

【テレポート】の消費魔力はその距離によって決まる。連れて跳ぶ人数にも左右されるが、わずか一メートルの距離もない瞬間《しゅんかん》移動で、それほど大きく魔力が消費されないことはみんな知っていた。桜の『疲れた』発言は、細かな座標指定のコントロールからくる精神的疲労《ひろう》の方だろう。

「ふーむ。確かに遺跡のダンジョンといった感じじゃのう」

スゥが辺りをキョロキョロと見回して感想を述べる。行き止まりの壁には土属性の魔石が埋《う》め込まれていた。これに魔力を流すと岩壁が開くようになっているのだろう。

地下通路はブリュンヒルドの所有する、離れ小島のダンジョンにそっくりだった。石でできた壁に床、明らかに土魔法で作られた人工物である。リンゼの【ライト】に照らされずとも、ボンヤリとした光が石から発生していた。

「土魔法で石を作るときに光魔法を合成したのでしょうか……？」

「合成魔法ね。時代としては古代魔法文明のシロモノだと思うわ」

石壁に触りながらリンゼとリーンが考察する。地下通路はまっすぐ伸びて右手の方へと曲がっていた。

八重とヒルダを先頭にコツコツと石の通路を進んでいく。通路の幅《はば》も高さも四メートルほどの正方形で、武器を振《ふ》り回せない狭《せま》さではない。

ユミナが先を歩くパフィア王女に尋ねる。

「この地下通路は元は遺跡のダンジョンなんですよね？」

「正確にいうとダンジョンの一部です。王宮の地下から遺跡のダンジョンへの入口があるんですよ」

「ダンジョンと王宮が繋《つな》がってる……？　大丈夫《だいじょうぶ》なのですか？　魔物《まもの》などが王宮へ入り込んだり……」

「大丈夫です。王宮側には何重もの結界があって、魔物を寄せ付けません。この通路には魔物が現れますけど、スライムなど弱い魔物ばかりです」

安心でしょう？　とばかりに微笑《ほほえ》むパフィアに、ユミナ、エルゼ、リンゼ、八重の四人がビクッと立ち止まる。

「スライムは見つけ次第潰《しだいつぶ》しましょう……」

「そうね。徹底的《てっていてき》にね……」

「一匹《ぴき》残らず、です……」

「見敵必殺でござるな……」

ブツブツとつぶやく四人の目は完全に据《す》わっていた。

かつてこの四人はスライムに酷《ひど》い目にあった経験があり、それ以来スライムを毛嫌《けぎら》いしている。

そんな事情を知らないパフィア王女は、急に雰囲気の変わった四人に引きつった笑いを浮かべ、ちょっと身を引いていた。

「あ、スライムじゃ」

「【氷よ貫け、氷結の尖針、アイスニードル】」

前方にいたグリーンスライムをスゥが見つけると同時に、リンゼから氷の針が放たれる。

瞬《また》く間《たま》にハリネズミと化したスライムは、その場で核《かく》を貫かれ、あっさりと生き絶えた。

「おっかないのう……」

「グリーンスライムは女の敵、です。カイザと一緒《いっしょ》です」

「女の？」

「グリーンスライムは衣服などの繊維《せんい》を好んで食べるのよ。女性の冒険者《ぼうけんしゃ》には天敵なの」

首をひねるスゥにリーンが説明してくれた。納得したようにスゥは頷き、先を歩くみんなへと駆《か》け寄《よ》る。

それから階段を登ったり、多少の分かれ道はあったものの、ほぼ迷うことなくユミナたちは王宮への道を進んでいった。

その理由のひとつは、この道をパフィア王女がしっかりと覚えていたことにある。

いずれこういった可能性も考えていた姉のレフィアに繰《く》り返《かえ》し覚えさせられていたのであった。まさかそれが逃走《とうそう》経路ではなく、カイザを倒《たお》すための侵略《しんりゃく》路になろうとは思ってもみなかっただろうが。

「分かれ道です……」

「えっと……左です。そちらの方へ」

先頭を行くヒルダに返事が遅《おく》れるのは、覚えた道順が逆になるためだ。パフィアの指示に従い、全員が左の通路へと折れる。

「けっこう長いです、ね。もうかなり進んだと思うんですけど……」

「もうちょっとです。もうすでに王宮の地下へは辿《たど》り着《つ》いているはずです」

「そう、ですか……。じゃあここからは注意深く進んだ方がいいです、ね」

比較的《ひかくてき》体力のないリンゼがパフィアの答えを聞いて気合いを入れ直す。確かに先ほどから全然スライムなどの魔物が現れなくなった。王宮に張られた結界の影響《えいきょう》がすでに出ているのだろう。

しばらくすると、先頭を進んでいた八重とヒルダが立ち止まった。

「どうしたんですの？」

その後ろにいたルーがひょいと八重の肩越《かたご》しに前を見る。正面には一本の階段が伸びていたのだが、それは途中《とちゅう》で天井《てんじょう》にぶつかって消えていた。

「終着点、でござるかな？」

階段を登り、八重が天井を叩いてみる。

「音が違う。その天井、たぶん薄《うす》い」

桜からの声に八重が天井をよく調べてみると、わずかに継ぎ目のようなものが正方形に入っていた。後方にいたパフィアが口を開く。

「その上が今は使われていない王宮の部屋に続いているはずです」

「なるほど。ではこれを持ち上げればいいのでござるな？　……ふぬっ！」

八重が天井に手をついて力を入れてみると、わずかに正方形の石がずれ、上に持ち上がった。しかし薄いといっても石は石。かなりの重さらしく、八重が顔を真っ赤にしてなんとか持ち上げようとしていたが、なかなか持ち上がらなかった。

「ふぬぬぬぬうぉうぉうぉう……！」

「や、八重さん？　お顔がちょっと見せられない状態になりつつありますわ！」

「ぶはっ！」

ヒルダの声に力尽《ちからつ》き、膝《ひざ》を折る八重。それを見て、腕《うで》を振りながら前に出たのはエルゼである。

「こういうのはあたしにまかせなさいよ。一発で持ち上げてみせるから」

「ぬう。無念でござる……」

軽くエルゼとバトンタッチして、八重が階段から降りる。

八重と同じく天井の石に手を当てて、エルゼはひとつ息を吐《は》いた。

「【ブースト】ッ！」

ガゴゴッ！　と石がズレる音がして、一気にエルゼの頭上にあった石が持ち上がる。

石を持ち上げ、立ち上がったエルゼが見たものは、薄暗《うすぐら》い部屋の中であった。

エルゼは持ち上げた石を正面に静かに下ろして、穴からそっと這《は》い出《で》る。振り向《む》いて初めて、自分が暖炉《だんろ》の中から這い出てきたことに気づいた。

確かに使われていない部屋らしく、調度品などはほとんどない。暖炉の中も空っぽだった。

辺りを注意深く調べ、周りに人がいないことを確認《かくにん》する。

「大丈夫みたいよ。上がってきて」

「【風よ阻《はば》め、静寂《せいじゃく》の来訪、ミュート】」

エルゼの声に答えるようにリーンの魔法が地下から放たれた。これで部屋の物音は外には響かない。

バビロンの『図書館』で見つけた冬夜が使う無属性魔法の【サイレンス】と似た効果がある風魔法である。

暖炉の中から、次々とみんなが這い出てきた。桜と時江だけは転移してきたが。

「なんとか侵入成功、ですね」

「次はどうするのじゃ？」

「お父様とレフィア姉様に事情を話してどこかへ避難してもらいます。そしてカイザをこの手で……！」

ぐっ、と手を握りしめるパフィア。その目には怒《いか》りの炎《ほのお》が渦巻《うずま》いていた。

「で、国王陛下の部屋はどこに？」

「寝所《しんじょ》は三階の一番奥の部屋です。えっと……」

エルゼに答えながら薄暗い部屋の中を走り、窓際《まどぎわ》へと向かうパフィア。閉じていたカーテンをわずかに開ける。

「ほら、ここから見えます。あの三階の一番奥の部屋です」

パフィアが立つ正面の窓には中庭が月明かりで広がり、左斜《なな》め上《うえ》の建物をパフィアは指で示した。

「意外と近いわね」

「見える範囲なら【テレポート】で跳べる」

桜が窓から国王の寝所を覗《のぞ》き込み、距離を確認する。【ゲート】と違《ちが》い、【テレポート】は転移先に干渉《かんしょう》しないので、護符《ごふ》などの阻害を受けない。問題は跳んだ先に国王以外の誰かがいないかということだが……。

「たぶん大丈夫だと思います。父様の腹心の方々やメイドでさえもカイザの命令で近寄らせてもらえませんでした。入室できたのは私たち姉妹と主治医だけです。もちろん主治医はカイザの操り人形《にんぎょう》でしたが……」

主治医が操り人形ということは、いつでも国王を殺せるということだ。あるいはそんな絶望的状況を続け、国王の心が弱るのを待っているのかもしれない。

「では桜さんと転移するのはパフィアさんと……リーンさんで。転移したらここの部屋と同じく【ミュート】を」

「ええ。わかったわ」

桜がパフィアとリーンの手を取る。ついでにポーラもリーンの足にしっかりとしがみついた。窓から見える国王の寝所をしっかりと確認する。

「【テレポート】」

一瞬《いっしゅん》にして三人は別の部屋へと転移する。先ほどの部屋と同じくらい薄暗い。部屋の端《はし》っこに転移したらしく、背後は壁で、正面には大きな天蓋《てんがい》付きのベッドが置かれていた。

「【風よ阻め、静寂の来訪、ミュート】」

すかさずリーンが遮断魔法《しゃだんまほう》を発動させる。その行動に反応したのは桜でもパフィアでもない別の人物だった。

「誰⁉」

ガタンという音とともに、ベッドの傍《かたわ》らにいたらしい人物が立ち上がり、こちらへ向けて誰何《すいか》した。

国王ではない。女の声だ。どうやらベッドの上で寝込む国王とは別の人物が部屋にいたらしい。相手を無力化しようとリーンが魔法を放つ前に、その横をパフィアが飛び出していった。

「レフィア姉様！」

「パフィア……？　パフィアなの⁉　ああっ、よく無事で……！」

リーンのところからでは薄《うす》ボンヤリとしか見えないが、どうやらパフィアの姉の第一王女・レフィアのようだった。

己《おのれ》の胸に飛び込んだパフィアを強く抱きしめるレフィア。三ヶ月《かげつ》ぶりの再会であった。

三ヶ月前、カイザが偽《にせ》の死体をでっち上げ、パフィアは死んだと言ってきたが、レフィアは少しも動じることはなかった。いくらよく似ていても妹を見間違《みまちが》えたりはしない。本人の遺体がないということは、妹はまだ生きていることに他《ほか》ならないとずっと信じてきた。

やはり妹は生きていたと、胸の中の大切な宝物を抱きしめる。

月明かりに照らされたノキア王国の第一王女レフィアは、顔立ちはパフィアによく似ている。

年《とし》の頃《ころ》は二十歳《はたち》過ぎ、白を基調としたノキアの民族衣装に身を包み、パフィアと同じ栗《くり》色《いろ》の長い髪《かみ》は腰《こし》まで伸びていた。パフィアほど目付きは鋭《するど》くはないが、芯《しん》の強そうな女性である。

「どうやら大丈夫みたいね。ここは私にまかせてみんなを連れてきて」

「ん」

リーンの言葉に桜が小さく頷くと、彼女だけが部屋の中から消えた。

三十秒もしないうちに今度はエルゼとリンゼを連れた桜が再び現れ、また本人だけが消える。次々と国王の寝所に現れる見知らぬ人物たちを見て、レフィアが目を丸くした。

「パフィア……こ、この方たちは？」

「協力者であるブリュンヒルド公王陛下の婚約者様たちです」

「えっ⁉　あのお年を召《め》した方も⁉」

「あ、いえ、あちらは公王陛下のおばあさまで……」

いつの間にか自分で転移していた時江を見て、目を見開いたレフィアにパフィアが慌《あわ》てて訂正《ていせい》する。天然なのかもしれない。

時江とパフィアの侍女であるリシアを除いた総勢九名の婚約者を見て、その数に言葉を失いかけるレフィア。

ユーロン壊滅《かいめつ》以来、チラホラと外の世界の情報も入ってくるようになったが、一番話題に上るのは、やはり憎《にく》き天帝国《てんていこく》ユーロンを滅《ほろ》ぼした（と思われている）ブリュンヒルド公国のことであった。その中でも公王の逸話《いつわ》は枚挙にいとまがない。

『単身、巨大《きょだい》な悪魔《あくま》を討《う》った』『寡兵《かへい》を率いて竜《りゅう》の群れを討伐《とうばつ》した』『魔王《まおう》国の王女を掻《か》っ攫《さら》った』『新大陸の軍事大国を潰《つぶ》した』などなど、どれが本当でどれが嘘《うそ》なのか判断に困るくらいである。

しかしその中でもよく聞く話が『公王は無類の女好き』という噂《うわさ》だ。『英雄《えいゆう》色を好む』というが、カイザのこともあってレフィアはあまりブリュンヒルド公王にいいイメージを持たなかった。

カイザと違い、公王の場合はきちんと嫁《よめ》に迎《むか》える意思を示し、大切に扱《あつか》っているらしいというところだけは評価してはいたが。

「レフィア様ですね？」

「あ、はい」

「御国《おんこく》のカイザ軍務卿は我《わ》が国《くに》において召喚獣を使い、公王陛下の婚約者《こんやくしゃ》を狙《ねら》いました。よって、カイザ軍務卿にはその裁きを受けてもらいます……というのは建前で。パフィア様がお困りの様子でしたので助太刀《すけだち》にきました」

ユミナがどことなくおちゃらけた口調でレフィアに話しかける。ユミナの言葉を聞いたレフィアが深々と頭を下げた。ノキア事情を全てわかった上での打倒《だとう》カイザ宣言である。

これほど力強い味方はいない。

「ありがとうございます……！　ノキアの王女として、皆様《みなさま》とブリュンヒルドに感謝を……！」

『ブリュンヒルド……。カイザ様の邪魔《じやま》をスるか……。許せヌ……。許せヌなァァァ！』

不意に地の底から響くような声があたりに響く。部屋は【ミュート】が施《ほどこ》されている。つまり声は内部である部屋の中から発生しているということだ。

「あそこです！」

ユミナの指差した先、ベッド上で横になる国王の口から、白いモヤのようなものが立ち昇《のぼ》っていた。

モヤは次第に大きくなり、その中に金色に光る目のようなものが二つ浮《う》かぶ。その姿はブリュンヒルドで暴れた死霊《スペクター》と同じ形をしていた。

◇ ◇ ◇

『我が名はガラべらム。カイザ様の忠実なルしモべ……』

「まさか……！　お父様にすでに取り憑《とつ》いていたなんて……！」

『身体を乗っ取るコトはできないんだが、カイザ様の命によりジワジワと命を削《けず》ってイルところよ……！　いツでも殺せるようにナァ……！』

驚きの声を上げたレフィアを嗤《わら》うように答えるスペクター。この死霊もカイザの召喚獣である。

何体もの召喚獣を操るには、そのリーダーというべき者と契約せねばならない。悪霊《あくりょう》とてその集団霊《れい》の中核《ちゅうかく》というべき霊がいる。カイザはその霊と契約し、その配下の霊をも操っているのだ。

「とりあえずその中から出なさいな。【光よ来たれ、輝《かがや》きの追放、バニッシュ】」

『ぬぐウぅぅウゥ!?』

リーンから放たれた光魔法を受け、国王陛下から剥《は》がされるガラベラム。モヤモヤとした煙《けむり》のような本体が国王から離《はな》れる。

『キサマ……ッ、光魔法の使い手カ！　猪口才《ちょこざい》な小娘《こむすめ》メ！』

「誰が小娘よ。あんたよりたぶん歳上《としうえ》よ、私」

リーンが天井近くに浮かぶスペクターを睨《にら》みながら魔法の詠唱《えいしょう》を始める。リーンが翳《かざ》した五本の指先それぞれから、光の矢が五本同時に放たれた。

「【光よ来たれ、輝く連弾《れんだん》、ライトアロー】」

『ウグギャッ⁉』

輝く矢はスペクターに全部命中し、風穴を開けられたガス状のその本体は千切れるように雲散霧消《うんさんむしょう》していく。下っ端《したっぱ》のスペクターなどリーンの敵ではなかった。

「ふん。人の中に隠《かく》れるくらいしかできないくせに、偉《えら》そうにするんじゃないわよ」

完全に消滅《しょうめつ》したガラベラムを見て、ハッと我に返ったレフィア、パフィア姉妹は、ベッドの上で眠《ねむ》る父親に駆け寄る。

「お父様！　聞こえますか！　お父様！」

「ああ、動かさない方がいいわ。スペクターによって体力を削られているのだから、無理をさせてはダメよ」

父親に縋《すが》り付《つ》く二人を時江が止めた。なおも眠り続けるノキア国王の額に時江が触《ふ》れる。

「体力は落ちているけど、身体には問題ないようね。数日もすれば意識も戻ると思うわ」

「よかった……お父様……！」

涙《なみだ》ぐみながら胸を撫《な》で下《お》ろす姉妹とは裏腹に、ユミナたちの表情は険しい。すでに聴覚《ちょうかく》のいい桜は、王宮内が騒《さわ》がしくなりつつあるのを察知していた。【ミュート】の魔法《まほう》は内側の音を外へと漏《も》れるのを遮断《しゃだん》するが、外側の音が聞こえなくなるわけではない。

「あのスペクターもカイザの召喚獣なのだとしたら……」

「せっかくの我々の潜入もバレたでござろうなあ」

「今頃《いまごろ》手下をぞろぞろ引き連れて、こちらへ向かっている……というところでしょう、ね」

ここで迎え撃《う》ってもいいのだが、なにぶん部屋の中である。それに国王陛下を始め、レフィア、パフィア姉妹に侍女《じじょ》のリシアまでいるのだ。巻き添《まぞ》えにしないように戦うのはちょっと厳しい。

「仕方ないわね。ここは私が見ているからあなたたちは思う存分やりなさい。この子たちには誰一人《だれひとり》として触れさせないから」

みんなの心を読んだように時江が声を発した。時江が司《つかさど》るのは時間と空間。空間と関連の深い結界術も彼女《かのじょ》は容易《たやす》く操《あやつ》る。その気になれば、冬夜の【プリズン】よりも強固な結界を作ることもできるのだ。

「おばあちゃんがいてくれれば安心じゃな」

「ならばもはや憂慮《ゆうりょ》はない。いざ、鬼退治《おにたいじ》と参ろうか」

「足音がたくさん来る。気をつけて」

桜の言う通り、扉《とびら》の向こうからたくさんの駆けてくる足音が聞こえてきた。

八重とヒルダが先頭に立ち、刀と剣《けん》を抜《ぬ》く。エルゼも腰のガントレットを両の手に装着した。

後方で時江がなにやら呟《つぶや》くと、冬夜の【プリズン】のように、ベッドの周りが青白く囲まれる。攻撃《こうげき》から身を守る結界だろう。

「ついでに見えなくもしときましょうか」

すうっ、と時江、ノキア国王、レフィア、パフィア姉妹、リシアの姿が消えていく。ベッドの中にいるはずのノキア国王が消え、布団《ふとん》が平らになっているところを見ると、透明《とうめい》化《か》の魔法ではなく、幻《まぼろし》を見せる幻視《げんし》の魔法のようだ。

「さすが、ですね」

「ふふふ。褒《ほ》めたってなにも出ないわよ？」

感心するリンゼにどこからともなく時江の声が返ってくる。

そんな中、ドバンッ！　と乱暴に扉が開かれ、武器を持った数人の兵士たちが部屋へと雪崩《なだ》れ込んできた。

「まずは戦いやすい場所へ移動しましょう！　八重さん、ヒルダさん、エルゼさん、ここは正面突破《とっぱ》で！」

「委細承知！」

「了解《りょうかい》です！」

「任せなさい！」

ユミナの指示に従い、八重たちは雪崩れ込んできた兵士たちへと向かっていく。

八重の刀やヒルダの剣は晶材製《しょうざいせい》であり、本来ならば鉄でさえも容易く斬り裂《きさ》ける鋭さを持つ。さらに冬夜の【モデリング】を付与《ふよ》されているため、持ち主の意思により刃引《はび》きした状態にすることも可能なのだ。つまり、持ち主の思い通りに斬る、斬らないを選択《せんたく》できるのである。

さすがに他国の兵士をあっさりと斬り捨《す》てては、ノキア国王も後々困るかもしれない。そう判断した八重とヒルダは、相手の戦闘力《せんとうりょく》を奪《うば》うだけにとどめるため、刃を落とした。もちろん骨の一本や二本は折れるかもしれないが。

「ぐはっ⁉」

「うごっ⁉」

「ぶえへっ⁉」

部屋に突入《とつにゅう》してきた兵士たちを次々と叩《たた》き伏せ、三人は廊下《ろうか》へと踊《おど》り出す。

ノキア国王の寝室《しんしつ》前の廊下は奥まった場所であり、逃げるところがなかった。扉を出た右手正面からはわらわらと兵士たちがやってくる。左手は壁《かべ》であり、その先は中庭だ。

向かってくる兵士たちに八重とヒルダが応戦し、エルゼは彼女たちと背中合わせになって背後の壁と対峙《たいじ》する。

「エルゼ殿！」

「任せといて！　【ブースト】ッ！」

腰の入った正拳突《せいけんづ》きが炸裂《さくれつ》し、立《た》ち塞《ふさ》がる壁を一撃《いちげき》で粉砕《ふんさい》した。

ガラガラと崩《くず》れ落《お》ちる壁からは広い中庭が眼下に見える。三階の高さの廊下に冷たい夜風が吹き込んできた。

「【氷よ来たれ、氷結の防壁《ぼうへき》、アイスウォール】！」

間髪《かんはつ》を容《い》れず、ノキア国王の寝室から飛び出してきたリンゼが姉の開けた壁の先へと魔法を放つ。

分厚い氷の壁が、エルゼの開けた穴から中庭に向けて、まるで滑《すべ》り台《だい》のように出現した。

卓越《たくえつ》した魔《ま》法使《ほうつか》いの手にかかれば、ある程度【アイスウォール】の変形は可能なのである。

妹の造った滑り台をエルゼが立ったままの状態で滑り下り、中庭へ軽《かろ》やかに着地した。

次いで、リンゼ、ユミナ、桜、スゥ、リーンにポーラ、ルー、と滑り下り、兵士たちを押《お》さえていたヒルダと八重が最後に滑り下りた。

当然ながら押し寄せていた兵士たちも氷の滑り台へと走り出す。

そのタイミングで中庭にいたユミナは一つの魔法を発動させた。

「【土よ来たれ、土塁《どるい》の防壁、アースウォール】」

リンゼの造った氷の滑り台を破壊《はかい》して、今度は地面からせり出してきた土の壁がエルゼの開けた穴全体を覆《おお》う。地面から三階まで伸びた土の壁がピタリと壁の穴を塞いでしまった。

壁が破壊できないことを悟《さと》った兵士たちは急がば回れとばかりに引き返し、中庭へと向かうルートを走り始めた。

「ここなら多少暴れても問題ないですわね」

腰から双剣《そうけん》を抜いたルーがつぶやく。さっきまでいた三階の廊下の窓からは慌ただしく兵士たちが走っているのが見えた。

中庭に向かって別働隊が走ってくるのが見える。それを見て、ふと、ユミナは妙《みょう》な感覚に襲《おそ》われた。

ノキアの兵士たちは身軽な服の上に革鎧《かわよろい》や手甲《てっこう》などを装備した軽装鎧が主体である。なのにこちらへ向かってくる者たちは全身鎧を着込んだ騎士《きし》タイプの装いをしているのだ。

しかも鎧のデザインが見たこともないもので、全身黒一色なのである。兜《かぶと》のバイザーを上げているため、装着者の顔は見えるが、明らかにその顔からは感情が抜け落ちていた。

「取り憑かれた者たちでござるかな？　リンゼ殿、【バニッシュ】を」

「了解です。【光よ来たれ、輝きの追放、バニッシュ】！」

地面に現れた輝く魔法陣《まほうじん》に、黒騎士たちが包まれる。しかし、黒い鎧が光の粒子《りゅうし》を弾《はじ》き飛ばし、一瞬にして魔法陣を消し去ってしまった。

「効かない!?」

「普通の鎧じゃないわね。魔道具《アーティファクト》……それも古代魔法王国時代の年代物……」

「いかにも。古代魔法王国時代の魔道具、『耐魔《たいま》の鎧』だ。魔法に関して優《すぐ》れた防御《ぼうぎょ》能力を持つ。お前たちの光属性魔法など役に立たぬわ」

リーンの分析《ぶんせき》に答えた者が黒騎士たちの後ろから現れた。黒衣の長袍《ちょうほう》を身にまとい、何本もの玉飾《たまかざ》りを首に下げた赤髪《せきはつ》長身の男。ノキア王国の軍務卿《ぐんむきょう》、カイザ・ノートリスである。

「ブリュンヒルドのメスどもが群れてやってきおったか。パフィアはどこだ？　答えろ」

傲岸不遜《ごうがんふそん》な態度でカイザが少女たちを見下し、問《と》い詰《つ》める。彼《かれ》にとって女とは自分に跪《ひざまず》く存在であり、いくらでも変えのきく道具であった。その歪《ゆが》んだ性根《しょうこん》がこうした態度として現れる。

「はん。アンタがカイザ？　ほらリンゼ、言った通りでしょう？　やっぱり女にモテなそうな、しみったれた顔をしてるわ」

「お姉ちゃん……。私もそう思うけど、そこまではっきり言うのはどうかなぁ……。人間顔じゃないと思う、よ？　そりゃあこの人は性格も最低だと思う、けど」

初対面の相手をこき下ろす姉に注意する妹もなかなかズケズケとモノを言う。なんだかんだで感覚の似た双子であった。

一方、バカにされたカイザの方は鼻の筋肉をヒクつかせながらエルゼたちを睨みつける。

「貴様ら……！　俺様《おれ》をコケにしているのか……？」

「『俺様』！　ぷはっ、『俺様』ときたでござるよ、ヒルダ殿！　まあ偉そうに！」

「八重さん、失礼ですわよ。ぷふっ、確かに痛々しいですけど……」

八重がバシバシとヒルダの肩《かた》を叩く。ツボに入ったのか笑いを堪《こら》えている二人に反して、カイザのこめかみには何本もの青筋が浮かび上がっていた。

「……の……ッ、……！　……よかろう。お前たちをひっ捕《と》らえてパフィアの居所を吐かせてやる。死んだ方がマシと思える痛みと辱《はずかし》めを与《あた》えてやるぞ……！」

「……命拾いしましたわね、カイザとやら。この場に冬夜様がいらっしゃったら、間違《まち》いなくあなたの顔面に拳が突《つ》き刺《さ》さっていましたわ」

「ああー……。やるでしょうね、冬夜さんなら。自分のことより、私たちをバカにされる方がプツンといきますから……」

「でもちょっと嬉《うれ》しい」

ルーの言葉に頷いて、ユミナと桜が言葉を紡《つむ》ぐ。ノロケか。

それを聞いたカイザの額にますます青筋が増えていく。軍務卿たる彼がここまでコケにされたことなど今までなかった。

もともと沸点《ふってん》が低い男である。さらに常日頃《つねひごろ》から見下している女にこれほどの侮辱《ぶじょく》を受けたことなど一度もない。その怒りは爆発《ばくはつ》寸前となっていた。噴火《ふんか》寸前の火山のようなものである。

まだ怒りを表していないのは、強者の余裕《よゆう》を見せつけようとする、チンケなプライドからだった。要するに見下している女相手を怒鳴《どな》りつけるのは、強者としてみっともないと思っているのである。顔に出ている時点ですでに無駄《むだ》だというのに。

そんなカイザの目に、首を小さく傾《かし》げるスゥの姿が映った。

「お主、頭の悪そうな顔をしておるのう」

——————ブツン。

「こいつらを捕らえろォォォォッッ！」

怒り心頭になったカイザの号令とともに、黒騎士たちが一斉《いっせい》に武器を持ってユミナたちに襲いかかった。

「来た来た。それじゃあ害虫退治といきますか」

ペロリと乾《かわ》いた唇《くちびる》を舐《な》めたエルゼが、低い軌道《きどう》で一気に距離《きょり》を詰め、イナズマのようなアッパーで黒騎士の一人の顎《あご》を捉《とら》えた。

吹《ふ》き飛《と》ばされた黒騎士が宙を舞《ま》い、地面に落ちて動かなくなる。

スペクターが憑依《ひょうい》して操っているとはいえ、その身体は人間のものである。ダメージを受ければ動きが鈍《にぶ》くなるし、脳震盪《のうしんとう》が起きればスペクターでさえ身体を動かすのは困難になる。例えるなら馬を操る乗り手でも、馬が倒れてしまったらどうしようもない、といったところか。

スペクター自身が身体を動かしているわけではなく、動くように身体の持ち主に命令しているのだ。

『おのレ……！』

「あんた馬鹿《ばか》でしょ？　召喚獣《しょうかんじゅう》って契約者《けいやくしゃ》に似るのかしらね」

倒れた騎士の口からエクトプラズムのように這い出たスペクターへ、エルゼが正拳突きを放つ。もちろん光属性の魔力《まりょく》をまとわせながらだ。

『ウギャオォォオッツ⁉』

「鎧から外に出たらあんたら倒すのなんかスライムよりも楽なのよ」

エルゼの拳《こぶし》に貫《つらぬ》かれたスペクターが、断末魔《だんまつま》の叫《さけ》びをあげて散り散りになる。そのエルゼの背後から別の黒騎士が剣を振りかぶり、襲いかかろうとした。しかし、踏《ふ》み出《だ》そうとした足が動かない。いつの間にか己の両足が地面に氷で縫《ぬ》い付けられていることに気付く。

リンゼの放った【アイスバインド】であった。あいにくと魔法が直接きかない相手の対処《たいしょ》法など、彼女たちは嫌《いや》というほど知っている。

「今だよ、お姉ちゃん！」

「ナイス、リンゼ！」

動けない黒騎士に空中で半回転したエルゼの蹴《け》りが決まる。以前、冬夜に見せてもらった虎《とら》の覆面《ふくめん》を被《かぶ》った戦士の技《わざ》を真似《まね》たものだ。

胸部の鎧を大きくひしゃげた黒騎士がその場に倒れる。先ほどのスペクターの最期《さいご》を見ていたのか、鎧からエクトプラズムが出ることはなかった。臆病《おくびょう》な召喚獣である。

「魔法がきかぬだけで、これではただの兵士と変わらんでござるな」

「フレイズみたいに変なものを撃ってこないだけ楽ですわ」

「再生もしませんし」

八重、ルー、ヒルダがエルゼに負けじと黒騎士たちを薙《な》ぎ倒していく。

「【土よ穿《うが》て、愚者《ぐしゃ》の奈落《ならく》、ピットフォール】」

「【水よ来たれ、清廉《せいれん》なる水流、ウォーターフォール】」

「【雷《かみなり》よ来たれ、白蓮《びゃくれん》の雷槍《らいそう》、サンダースピア】」

ユミナが土魔法で黒騎士たちの足下《あしもと》の地面を陥没《かんぼつ》させて穴に落とす。そこへ桜の水魔法《みずまほう》が大量の水を流し込み、トドメとばかりにリーンの放った雷の槍《やり》が黒騎士ではなく、水面に突き刺さった。

本体を直接攻撃してはダメージを消されてしまうかもしれないが、間接的になら問題はない。穴の中で感電した黒騎士たちがクタッと動かなくなった。

中にはエクトプラズム状態になり、身体から飛び出してくるスペクターもいたが、それらは全《すべ》て、待ち構えていたスゥの【シャイニングジャベリン】によって撃ち抜かれている。

次々とやられていく黒騎士たちにカイザの怒りはますますヒートアップしていった。

「ゼベータ！」

『は。ここに』

カイザが声を張り上げると、背後から猫背《ねこぜ》の青い袍《ほう》を着た小男が現れた。

「どうなっている！　あの鎧は兵士を強くするものではないのか！」

『いえ、あの鎧は我らの弱点である光魔法を無効化するもので、基本的な戦闘力は変わりませぬ。そもそもスペクターの憑依した人間は通常時の倍の筋力を……』

「ええい、御託《ごたく》はいい！　なんとかしろ！」

『は。では「エルクスの遺産」から8番を』

ゼベータの声に懐《ふところ》からカイザが小さな箱のようなものを取り出す。蓋《ふた》を開けて、その中から『8』とナンバーの打たれた直径四センチほどの球体を手に取った。

「これだな」

カイザはそれを力一杯《ちからいっぱい》地面に叩きつけて、粉々に砕《くだ》いた。癇癪《かんしゃく》を起こしたわけではない。この球は収納魔法が付与された魔道具《まどうぐ》であり、中身を取り出すのに砕く必要があるのだ。

粉々に砕けた破片《はへん》が消えると同時に、そこには一瞬にして巨大な竜が出現していた。

「こっ、これは……！」

『「機甲竜《きこうりゅう》」でございます』

竜は竜でも普通《ふつう》の生身の竜ではない。全身鋼の機械と融合《ゆうごう》した竜である。サイボーグ竜とでも言おうか。鎧を着た竜にも見える。

大きさは体長十五メートルほど。翼《つばさ》はなく、タイプとしては陸竜の部類に入る。四本爪《づめ》の手足に長い尻尾《しっぽ》。後頭部から尻尾の先まで鋭い棘《いばら》が伸《の》びていた。大きな口には鋭い牙《きば》がずらりと並び、両目《カメラアイ》は鈍い輝きを放っている。

『では失礼して』

猫背の小男の口からエクトプラズム状のものが吐き出される。吐き切った小男は白目を剥《む》いてその場にバッタリと倒れた。濁《にご》ったモヤのようなものが、機械竜の口から体内へと入っていく。

背中に取り付けられたファンのようなものがゆっくりと回転を始め、やがて高速回転へと移行する。大気中の魔素《まそ》を吸収し、竜が動き出す。

機甲竜とやらはその首を上げ、両目から凶悪《きょうあく》な赤い光を放つと、天に向けて豪雷《ごうらい》のような雄叫《おたけ》びをあげた。

口からは蒸気のような煙を吐き出している。生物であり、機械でもあるというのはシェスカたちバビロンナンバーズと共通する部分があるかもしれない。

『どれ、お嬢様《じょうさま》方。それではこのゼベータがお相手をいたしましょう』

機甲竜の口から蒸気と共に吐き出されたのは、先ほどの小男が発していた声であった。

『機甲竜』。陸竜の脳に魔獣《まじゅう》を操る『支配の響針《きょうしん》』を撃ち込み、魔工機械と融合させて、さらなる強大な力をその身に宿した古代魔法王国の遺産。

魔法工芸師《マイスター》デボラ・エルクス博士が造り上げた、『対フレイズ用戦闘機竜《せんとうきりゅう》』であった。

◇　◇　◇

『機甲竜』は五千年もの昔、魔法工芸師《マイスター》デボラ・エルクス博士が生み出した戦闘《せんとう》用アーティファクトである。

戦闘力の高い竜をベースとし、その意思を剥奪《はくだつ》、洗脳して強化に強化を重ねた生体兵器であった。対フレイズ用というだけあって、フレイズの強固なボディを打《う》ち砕くだけのパワーを備えている。

カイザが呼び出したそれは、デボラ博士が作った『機甲竜』の一つである。そしてそのボディにカイザの僕《しもべ》たるゼベータがいま乗り移った。

『どれ』

横にあった城の壁へ向けて、機甲竜《ゼベータ》が左の前足を伸ばすと、爆発音《ばくはつおん》とともに左手首から先が飛び出し、城の壁を粉々に砕いた。

「おおっ！」

カイザが歓喜《かんき》の声を上げる中、飛んでいった左手が繋《つな》がれたワイヤーロープによって一瞬で引き戻《もど》された。

『使用するのに問題はなさそうですね。では』

ゼベータは目の前にいる九人の中から最初のダーゲットを決めた。こういった場合、まずは数を減らす。一番弱そうで、かつ、そいつを消した場合、残りの奴《やつ》らに動揺《どうよう》を生み出すことができると思われる相手へ向けて、右手の射出する爪『ストライククロー』を撃ち出した。

飛び出した爪が棒立ちになっていたスゥへと向かう。

鋭い爪がスゥの胸を貫こうとしたその瞬間《しゅんかん》、なんでもないことのように、彼女はひょいと身体を横に捻《ひね》ってその爪を躱《かわ》した。

『なにっ⁉』

女子供が躱せるはずもない攻撃をさらりと避《よ》けられて、ゼベータから驚《おどろ》きの声が上がる。

「遅《おそ》いのう。諸刃ねえさまの剣に比べたらハエが止まりそうじゃ」

比較《ひかく》対象が間違っている、と、他の八人全員が思ったが、敢《あ》えて口にはしなかった。事実、残りの八人も繰《く》り出された爪の攻撃が見えていたし、確かに遅いとも思ったからだ。

『くっ……では、これはどうですか！』

両肩《りょうかた》の部分から三日月のような飛行体が連続で撃ち出される。ミスリルでできた手裏剣《しゅりけん》のようなカッターは高速で回転しながら不規則な動きを見せて、少女たちへと襲いかかった。

しかしみんなより前面に出た八重とヒルダがその三日月カッターを全て叩き落とす。斬り裂かなかったのは、真っ二つにするとその破片が飛んで面倒《めんどう》になるからだ。

「飛び道具が多いオモチャでござるな」

「持って帰れば博士あたりが喜びそうですね」

ヒルダがクスッと笑いながら八重に答えるが、実をいうとバビロン博士は五千年前にこの『機甲竜』を見ている。その上で『駄作《ださく》』と散々こき下ろし、エルクス博士にキレられているので、喜ぶことはまずない。

バビロン博士が『機甲竜』を駄作と評した理由の一つが、量産性の低さである。素体《そたい》を竜としているので、どうしても数を揃《そろ》えることができない。ついでに言えば、間違いなく竜族を敵に回す。人族に害を与えたはぐれの竜ならいざ知らず、それ以外の竜を捕獲《ほかく》して改造などしたら、竜族全てを敵に回すようなものだ。フレイズに滅ぼされる前に竜たちに襲われて国が滅ぶ。事実、バビロン博士が危惧《きぐ》した通り、竜たちの怒《いか》りを買って『機甲竜』計画は頓挫《とんざ》した。

彼女たちの前にいるのはその『機甲竜』の生き残りである。

「【水よ来たれ、衝撃《しょうげき》の泡沫《ほうまつ》、バブルボム】」

機甲竜と一体化したゼベータの周囲に無数のシャボン玉が浮かび上がる。リンゼの放った浮遊《ふゆう》するシャボン玉は、まるで機雷《きらい》のようにゼベータが接触《せっしょく》するたびに爆発を繰り返した。

『ぐぐっ！　やりますね……！』

ゼベータは周囲のシャボン玉に向けて、後頭部から尻尾の先まで並ぶ刃物《はもの》のような棘を撃ち出した。棘とともにシャボン玉が爆発して消える。

そしてそのタイミングで体を一回転し、長い尻尾を振《ふ》り回《まわ》して横薙ぎにユミナたちを撃ち付けようとする。金属の鎧で覆われた太い尻尾の一撃を喰《く》らえば、少女の一人や二人、確実に即死《そくし》するだろう。

しかし、そのゼベータの企《くわだ》てはあっさりと瓦解《がかい》する。

両腕《りょううで》にガントレットを装着した少女が、尻尾の一撃を平然と受け止めていたのだ。

『な、なにっ⁉』

「最近気が付いたんだけど、どうもあたしの【眷属特性《けんぞく》】って、『打たれ強さ』みたいなのよね……。なんともないわ」

エルゼが丸太よりも太い尻尾を押さえながら一人つぶやく。神の眷属に与えられる【眷属特性】。今のところ覚醒《かくせい》しつつあるのはユミナの『未来視』、桜の『超聴覚《ちょうちょうかく》』、ルーの『絶対味覚』である。

エルゼの場合は正確に言うと『打たれ強さ』ではなく、全身に神気混じりの闘気を纏《まと》う【眷属特性】であるが、これは冬夜たち神々の使う『神威解放《しんいかいほう》』の簡易版のようなものであった。『闘神纏衣《とうしんてんい》』とでも呼ぼうか。

「ははあ。エルゼ殿《どの》らしいといえばらしいでござるな」

「なんか引っかかる言い方ね……。【ブースト】と似たようなものだから、使いやすいのは確かだけど、ね！」

『ぐおっ⁉』

尻尾の先を抱《かか》えたままそれをひねり、バキリ、と容易く折るエルゼ。そのまま先端《せんたん》が折れ曲がった尻尾の部分を蹴り飛ばした。バランスを崩したゼベータがよろける。

「なんだあの女どもは！　くそっ、どうなっている⁉　なんとかしろ！　ゼベータ！」

ゼベータの不甲斐《ふがい》なさに怒鳴り散《ち》らすカイザ。

しかしその命にゼベータが従うよりも早く、ヒルダが一足飛びで懐へと飛び込み、手にしていた剣を一閃《いっせん》させた。

「レスティア流剣術《けんじゅつ》、三式・斬鉄」

『なっ……！』

『機甲竜』の首がヒルダの剣にズパンと一瞬《いっしゅん》で刎《は》ねられた。鎧で覆われた大きな首が、中庭にゴロゴロと転がる。

同時に首を失った本体の方も、操り人形《にんぎょう》の糸が切れたかのように地面に力なく倒《たお》れた。

「おお。さすが竜殺《ドラゴンスレイヤー》しじゃの」

「これを竜《ドラゴン》と呼ぶのはいささか竜族に失礼」

スゥの漏らした言葉に桜がマイペースに返す。確かに斬り落とされた首から血が一滴《てき》も出ない存在を、最強種の竜とは認めたくないところだ。

『むう……！』

倒れた竜の体から澱《よど》んだモヤのようなものが立ち昇る。機能しなくなった機甲竜の肉体を捨てたゼベータが、カイザの下へと飛んでいった。

「貴様！　なんだあの体《てい》たらくは！　小娘ごときにやられおって！　役立たずが！」

『………３番を』

「なんだと!?」

『「エルクスの遺産」から３番を。早くして下さい』

「さ、３番？」

ゼベータの抑揚《よくよう》のない声に慌てながらも、カイザは小さな箱から『3』と記された球体を地面に叩きつけて砕いた。

砕けた破片が消えると同時に、黒騎士たちと同じような鎧が現れる。しかしその鎧は黒ではなく、まるで水晶《すいしょう》のように透《す》き通《とお》った鎧であった。

「む？」

「あれって……」

八重たちが動きを止める。全員がその鎧、正確に言えばその素材に心当たりがあったからだ。

水晶の鎧は宙を舞いながら、長袍《ちょうほう》を脱《ぬ》ぎ捨てたカイザの身体に次々と装着されていく。手甲から前腕《うで》、肘《ひじ》、上腕《じょうわん》、肩、と両腕に装備され、続いて靴《くつ》、脛当て、膝《ひざ》当《あ》て、腿《もも》当て、と両足が覆われていった。そして腰《こし》、腹、胸、首当て、ときて、最後に兜が装着された時、そこには全身に水晶の鎧をまとったカイザが立っていた。

「お、おお……！　これは……！」

「水晶の悪魔《フレイズ》より造られし、最強の鎧でございます。いかなる刃も通さず、いかなる魔法も効かぬ、究極の鎧。カイザ様の鎧にございます」

全身に水晶鎧《すいしょうよろい》を装着したカイザの姿は、甲冑《かっちゅう》を着た騎士というよりも、ちょっとしたパワードスーツを身にまとった兵士のようであった。

見た目は重装歩兵のように全身を固めてはいるが、軽量化の魔法が施されているのかカイザはそれほど重さを感じなかった。

腰には剣、背中には盾《たて》が装備され、カイザが手に取るとそちらもまるで木剣《ぼっけん》のように軽い。

「おおっ！　美しい……！」

カイザが城壁《じょうへき》に向けて剣をひと振りふた振りすると、まるで紙でも裂いたかのように壁が斬り刻まれた。

「ふ……フハハハハ！　素晴《すば》らしい！　これさえあれば俺様を止められる者などこの世にいない！」

カイザはもともとこのノキア王国に仕える一兵士に過ぎなかった。それがわずか数年で軍務卿にまで登りつめたのには当然ながら理由がある。

それが『エルクスの遺産』だ。カイザがノキア北方に位置する遺跡《いせき》でそれを発見したのは、まったくの偶然《ぐうぜん》でしかなかった。

その『エルクスの遺産』に納められていた箱から収納球の1番を誤って落とし、砕いてしまったことからカイザの運命は大きく変わった。

封印《ふういん》が解けた収納球から現れたのは、ゼベータと名乗る一人の悪霊《スペクター》であった。『エルクスの遺産』の使い方を教える従者として、五千年もの時を封印されていた召喚獣である。

それからカイザはゼベータに憑依術を学び、自分の都合のいいように城内の人間を次々と操っていった。利用できる者はとことん利用し、邪魔な存在は抹消《まっしょう》する。

いつしか彼は、自分こそが選ばれた人間だと思うようになった。力を持たぬ愚民《ぐみん》どもを導く存在だと。

いずれこの国を支配し、外の世界で踏ん反《ぞ》り返っている隣国《りんごく》を攻《せ》め滅《ほろ》ぼす。そして憑依師でありながら、偉大《いだい》なる世界の王となるのが自分なのだという妄執《もうしゅう》に取り憑かれた。

その王がこのようなところでつまずくわけにはいかぬ。この小娘どもを蹴散《けち》らして、世界の王に逆らった報《むく》いを受けさせせねば。

カイザは剣と盾を構え、少女たちに向き直った。

「もう一度だけ聞いてやろう。パフィアはどこだ？　正直に答え、命乞《いのちご》いをするなら奴隷《どれい》として生かしてやるぞ？」

「その前にあなた一度自分の姿を鏡で見た方がいいわよ？　スケスケの鎧を着て、けっこう間抜《まぬ》けだから」

リーンが辛辣《しんらつ》な言葉を吐《は》く。あの冬夜でさえ、ブリュンヒルド騎士団《きしだん》の鎧を晶材ではなくミスリルで造ることにしたくらいだ。全身透明《とうめい》な鎧というものは、なんとも間抜けな姿に見える。完全に透明で鎧が見えないか、半透明《はんとうめい》であればそれほどではないのかもしれないが。

「それともう一つ。あなたの目は節穴のようね」

「いや、カーッとなると周りが見えなくなるタイプなのでは？」

「為政者《いせいしゃ》には向かないタイプですわね」

「調子乗りのようでござるし」

「つまりは馬鹿」

「桜さん、それは……」

少女たちが口々に勝手なことを述べるたびに、カイザの額に青筋が増えていく。

「貴様ら！　覚悟《かくご》はできているんだろうなァァァ！」

カイザが剣を振りかぶり、少女たちへとまっすぐに突撃《とつげき》していく。

「本当に節穴のようでござるな」

「ええ。私たちの武器を見て察することができなかったのでしょうか」

八重とヒルダが晶材の『透き通った刃』を持ち直す。これらが同じ素材であることは一《いち》目瞭然《もくりょうぜん》だろうに。よほど錯乱《さくらん》しているとみえる。

突っ込んでくるカイザの剣を、ヒルダの剣が受け止める。否《いな》、受け止められなかった。ヒルダの剣により、カイザの剣が真っ二つに斬り裂かれたからである。

「なっ⁉」

容易く斬り裂かれた剣を信じられない目で見ていたカイザの前に、愛刀『透花《とうか》』を手にした八重が切迫《せっぱく》する。

「九重真鳴流奥義《ここのえしんめいりゅうおうぎ》、飛燕烈破《ひえんれっぱ》」

幾筋《いくすじ》もの閃光《せんこう》がカイザの眼前を走る。次の瞬間、水晶の鎧がバラバラになり、鈍い音を立てて地面へと落ちていった。八重の刀がカイザのまとう鎧のみを斬り裂いたのである。

同じフレイズの晶材製とはいえ、注いだ魔力の量がカイザと八重たちの武器では根本的に違《ちが》う。強度も斬れ味も段違《だんちが》いなのだ。

「そ、んな、馬鹿な……！」

フレイズの鎧を失ったカイザが、手にしていた剣の柄《つか》を力なく落とす。

そこへ飛び込んできたエルゼが、前屈《まえかが》みになっていたカイザのボディを下から右拳で打ち上げた。

「吹っ飛べッ！」

「ごぶぇぇッ!?」

内臓が破裂《はれつ》しない程度に力をセーブしたが、エルゼの一撃を食《く》らったカイザは空高く舞い上がり、十メートル以上の高さまで飛ばされた。

空中で腹部を襲う激痛に顔を歪めるカイザ。その視界の端《はし》、国王の寝室がある三階のバルコニーに誰《だれ》かが立っているのが見えた。

「お前に操られてきた人たちの無念……思い知れ！」

「パ、フィア……ッ……！」

「【来たれ閃嵐《せんらん》、電撃《でんげき》の暴風、プラズマストーム】！」

無防備のカイザへ向けて、パフィア王女の合成魔法《まほう》が放たれる。カイザは視界に映った地上にいる、自分の唯一《ゆいいつ》の味方へと声を張り上げた。

「ゼ、ゼベータ！　は、早く俺様を助けろッ！」

『申し訳ありませんが、お断り申し上げます』

「なっ……!?」

自分の絶対なる僕《しもべ》からの拒絶《きょぜつ》に、耳を疑うカイザ。次の瞬間、弾《はじ》ける雷光《らいこう》と恐《おそ》ろしい暴風が彼に襲いかかった。

「ふぐわあああぁぁぁぁぁぁアアアッ！」

凄《すさ》まじいほどの錐揉《きりも》み状態で、反対側の壁に激突《げきとつ》するカイザ。

そのままこの国の軍務卿であった男は、ボロ雑巾《ぞうきん》のように地面へと落ちる。生きてはいるが、すでに気を失っていた。

地面に落ちる際に砕けたのか、懐から壊《こわ》れた箱が飛び出し、中身の球体が飛び出していた。

「バッチリです。パフィアさん、時江様」

ユミナがスマホの通話を切る。ユミナの眼には、数秒後に空へと打ち上げられるカイザの未来が視えていた。【眷属特性】『未来視』の能力である。

そこで結界内の時江に電話をかけて、パフィアに待機するよう頼《たの》んでいたのだ。トドメはやはりこの国を想《おも》う者が相応《ふさわ》しい。

「さて、こやつの仕置きは後にするとして……」

ブスブスと焼《や》け焦《こ》げた煙《けむり》を上げるカイザを一瞥《いちべつ》し、八重の刀がゼベータへと向けられる。

「主を見捨てるのはちと感心できぬな」

『勘違《かんちが》いしないでいただきたい。私の真の主はそこの男ではございません』

「なに？」

召喚獣《しょうかんじゅう》は基本的には呼び出した召喚者を主とする。契約《けいやく》に従い、その契約を破らない限りは従順に従うはずだ。

カイザもこのゼベータというスペクターと契約し、従えていたはず。しかし、それを否定するゼベータの言動にユミナたちは首をかしげた。

『我《わ》が真なる主はデボラ・エルクスただ一人。デボラ様の命により、私はそやつに従っていたまで……』

「デボラ・エルクス？　どこかで聞いたような……」

「確か『支配の響針』とかいう魔道具《アーティファクト》を造った魔法工芸師《マイスター》じゃなかったかしら。……ちょっと待って、五千年前の人よ？」

以前シェスカなどに聞いていた名を思い出し、リーンが驚きの表情を見せる。

『私は「エルクスの遺産」を継《つ》ぐ者に仕えるよう命じられていた……が、しかしもう幕引きのようです……』

ふよふよと浮《う》かぶスペクターに感情は見られないが、少女たちにはどこか疲《つか》れているようにも思えた。

『やつが身につけている金の腕輪《うでわ》を外すといいでしょう。さすれば取《と》り憑《つ》かれた者たちは解放される……』

倒れるカイザにポーラがすたたたた、と駆《か》けていき、さっと腕を取ると、そこにあった金の腕輪をえいやとばかりに引き抜《ぬ》いた。瞬間、倒れていた黒騎士たちの口から濁ったガス状のものが噴出《ふんしゅつ》し、唸《うな》り声《ごえ》を上げて消滅《しょうめつ》していく。

ひいいいい、と、慄《おのの》く仕草をしながらポーラがリーンの下へと舞い戻り、その足にしがみついた。

リーンがポーラから金の腕輪を取り上げ、目を細める。魔道具《アーティファクト》だ。リーンは直感的にそれがどういった魔道具《アーティファクト》かを見抜《みぬ》くことができた。

妖精族《ようせい》にはそういった眼を持つ者が多いが、リーンはその感覚がだんだんと鋭《するど》くなっていることを自覚していた。それが彼女《かのじょ》の【眷属特性】であることも。『鑑定眼《かんていがん》』の能力とでも言おうか。

「なるほど。これが魔力の源。ここから召喚獣の魔力を補っていたわけね。それを取り上げられたから、召喚獣を保持できなくなった」

『いかにも。その男には憑依術師としての才能が多少なりともあった。それを活《い》かすための魔道具《アーティファクト》です』

カイザの契約していたスペクターたちは、魔力が供給されなくなったことで、全て送還《そうかん》された。

ゼベータを保持する魔力は『エルクスの遺産』が収められている箱から供給されている

ので、関係はない。しかしその箱も倒れたカイザの懐で砕けてしまい、その力を失った。ゼベータが送還されるのも時間の問題であった。

やっと解放される。ゼベータはあの箱にランプの精のごとく縛《しば》られて、五千年を過ごした。目覚めてみれば子供のような男にこき使われ、下らぬ手伝いを色々とさせられた。自分を呼び出し箱に縛り付けたデボラに恨《うら》み言《ごと》の一つも言ってやりたいが、それも叶《かな》わぬ。

『カイザの屋敷《やしき》の地下に捕らえている女たちがいます。解放されるがよい。では、これにて……』

存在を保てなくなったゼベータが夜の風に雲散霧消《うんさんむしょう》していく。五千年間縛られていた呪《のろ》いからの解放である。

夜風がやむと、そこにはもうゼベータの存在はすでになかった。

「……言うだけ言って勝手に消えました、ね」

「なんかスッキリしないのう……」

「ま、一番の害悪は取り除けたんだからいいんじゃない？」

エルゼが倒れているカイザに目をやる。もはやこの男に力はない。操《あやつ》っていた貴族たちも元に戻り、国王もいずれ目を覚ますだろう。極刑《きょっけい》は免《まぬが》れないが、その前にこの男が女たちにしてきた数々の罪を償《つぐな》ってもらう。

不幸にされた女たちのことを思うと、それでも手ぬるいと言われるかもしれないが。

◇◇◇

カイザが目覚めると薄暗《うすぐら》い闇《やみ》の中だった。辺りを見回すとそこが地下牢《ちかろう》の寝台《しんだい》であることがわかる。首の玉飾りはなく、その地位を剥奪され、投獄《とうごく》されたことは明白であった。

「ゼベータ！　出てこい、ゼベータ！」

カイザの声に答えるものはいない。ちっ、と舌打ちし、召喚獣を呼ぼうとするが、魔法が使えないことに気がつく。囚人《しゅうじん》を閉じ込めておく地下牢だ。当然ながら魔法対策はされている。

「くそっ！　あのブリュンヒルドのメスどもめ！　覚えていろよ！　今度会ったら嬲《なぶ》り殺《ごろ》しに……！」

自分の置かれている立場も判断できず、一人毒づくカイザ。怒りのために頭がまともに働いていないのかもしれない。それは元からか。

そのカイザの耳にふと、奇妙《きみよう》な音が聞こえてきた。びくっ、と身体を強張《こわば》らせる。

ぶふーっ、ぶふーっ、という動物の呼吸音であった。

何かいる。やがてカイザは地下牢の隅《すみ》に、大きな生き物がいることに気がついた。

「う、馬……？」

薄明《うすあ》かりの中に見えるそのシルエットは確かに馬に見える。しかし、馬に額から伸びる角はない。違う。馬ではない。短い角だが一角獣《ユニコーン》だ。

「なぜユニコーンが……!?」

カイザは恐怖《きようふ》に襲《おそ》われて、思わず立ち上がる。ユニコーンといえば処女には従順でおとなしいが、男に対しては獰猛《どうもう》な攻撃性《こうげきせい》を見せる魔獣だからだ。

しかしユニコーンは暴れることなく、ジッとカイザを見ている。なぜだかカイザはその視線に不快さを覚えた。

ゆっくりとユニコーンがカイザの方へと歩み寄ってくる。逃《に》げようにも地下牢ではどうしようもなく、カイザは壁際《かべぎわ》へと追《お》い詰《つ》められた。

「ひっ!?」

ダン！　と前足の蹄《ひづめ》がカイザの顔の横に打ち付けられた。壁《かべ》ドンである。ユニコーンの壁ドンなど滅多《めった》に見られるものではない。普通はしない。

『もうちっと筋肉が付いている方が好みなんだけどなァ……。ま、我慢《がまん》するか。これはこれでアリだし……』

「しゃべっ……！」

驚くカイザをよそに、ユニコーンは彼《かれ》の肩口《かたぐち》を咥《くわ》え、一気に服を引きちぎった。カイザの上半身が露《あら》わになる。

『オホッ、意外といい身体してるじゃないの。着痩《きや》せするタイプ？ イイネイイネ、テンション上がってきた！』

「ひいいいい!?」

ペロリと胸を舐められる。カイザは目の前のユニコーンがどこかおかしいことに気付いた。これはなんだ？ これはなんだ!?

あっという間に下着ごとズボンも引きちぎられ、初めてカイザは身の危険を感じた。

「よ、寄るな！ やめろ！ やめてくれ！」

『ダイジョブ、ダイジョブ。痛くないから。すぐ終わるから』

「なにがだ!?」

全裸《ぜんら》で逃げ回るカイザを追い詰めていくユニコーン。だんだんと呼吸が荒《あら》くなってきているのがわかる。間違《まち》いなくこの馬は興奮してきている。

「ゼベータ⁉　ゼベータぁ！　出て来てくれ、ゼベータァァァ！」

『誰そいつ？　ちょっとジェラっちゃうなァ。……忘れさせてやるヨ』

「やめっ……！」

その日、ノキアの地下牢から一日中聞こえてきた悲鳴は全て黙殺《もくさつ》された……。

◇　◇　◇

「なるほど。じゃあうまく片付いたんだね」

「はい。とりあえず、ノキアの国王陛下は身体のこともあるので、第一王女のレフィア様が王位を継ぐことに。妹のパフィアさんはその補佐《ほさ》をする予定だとか」

ユミナから報告を受けて僕はホッと胸を撫《な》で下《お》ろした。カイザとやらは極刑に決まり、操られていた人々は元に戻った。

カイザの持っていた『エルクスの遺産』は、悪用されることを恐れたレフィア王女……もとい、女王が全て破棄《はき》したそうだ。思い切りがいいな。第二、第三のカイザが現れるのを危惧したのだろうか。

「ま、とにかくみんな無事でよかったよ」

「あら、心配した？」

リーンが含《ふく》むような笑いとともに僕を見やる。

「いや、僕は大丈夫《だいじょうぶ》だとは思ってたよ？　心配なんか全然……」

『主《あるじ》はずっと落ち着きがなく、ぼうっとしているばかりで。すまぁとふぉんが鳴り、着信画面を見るたびにがっくりと……』

「琥珀《こはく》っ……！」

ユミナの膝《ひざ》の上に乗る琥珀がいらんことを言い出した。確かにみんなから電話がかかってこないなあと気にはなっていたのは事実だけど……。

バルコニーの円卓《えんたく》で輪になっている、他のみんなからも僕に視線が向けられる。エルゼが苦笑《くしょう》気味にため息をつく。

「心配症《しんぱいしょう》ねえ。大丈夫だって言ったでしょう？」

「いや、頭じゃ理解しているんだけど、周りに君たちが誰もいないってのは、なんかこう……落ち着かないっていうか」

自分一人が外出しているときはそんなこと感じないのにな。城にいない、ってだけで不安になるのだろうか。みんなが戦ったりしてるかもしれないのに、僕だけ寝《ね》てていいのか？とか考えてしまって寝れなかったしな。何度電話しようとしたことか。

考えてみれば僕もみんなにそんな思いをさせていたんだなぁ……と、反省したり。いろいろと考えさせられた。

「まあ、ノキアの方もこれからは外交を少しずつ増やそうという考えらしいですし、これで一件落着ですわね」

「で、ござるな。ところで冬夜殿、先程《さきほど》から気になっていたのでござるが……」

ちら、と八重が室内で時江おばあちゃんと対面してソファに座《すわ》っている人物に視線を向けた。まあ、気になるよね……。

「元気そうじゃねぇか。まだくたばってなかったんだな、時空神のばあさん」

「ふふふ。アタマカチ割るわよ、この腕白小僧《わんぱくこぞう》。その口、縫《ぬ》い付《つ》けてあげましょうか？」

言葉だけとるとものすごい悪態をついているのだが、お互《たが》いに屈託《くったく》なく笑いながら話しているので、あれが基本《デフォルト》なのかもしれない。

時江おばあちゃんは目の前の相手を腕白小僧、と称《しょう》したが、その姿はとても小僧には見えない。

見た目の歳《とし》はおばあちゃんと同じくらいだが、その身体は鍛《きた》え上《あ》げた筋肉が鋼の鎧《よろい》のように覆《おお》っていた。馬場の爺《じい》さんといい勝負だ。黒い目と髪《かみ》に髭面《ひげづら》のその爺さんは、なんとなく日本人を思い起こさせる。着ている服も作務衣《さむえ》のような出《い》で立《た》ちに雪駄《せった》だしな。

「あの方も神様関係者、なのですか？」

「うん、まあね……。いきなりここに降りてくるとは思わなかった……」

リンゼの問いかけに引きつった笑いで返す。

「一体どんな神様なのですか？」

「えっとね……………………破壊神《はかいしん》」

「はかっ⁉」

ヒルダの質問に正直に答えると、周りのみんなが全員固まった。だよね。そうなるよね。

ルーがカタカタと震《ふる》えながらカップを下ろし、その口を開いた。

「はっ、は……破壊神、様が、なにをしにここへ……？」

「なんか話があるとかで。来て早々、酒を寄越《よこ》せっていうから渡《わた》したらああなってる」

破壊神の前にあるテーブルの上には大きな酒徳利《さけとっくり》とぐい呑《の》み。当然のことながら、破壊神の左隣《ひだりどなり》でちゃっかりと酔花が御相伴《ごしょうばん》に与《あずか》っていた。

「まさか冬夜さんのお父様ポジションに……？」

「破壊神が義父？」

「なかなかに強そうじゃのう……」

「や。そういうのとは違うと思うけど」

違うと思う……んだけどな。そのポジションはキッパリと断ったはずだし。いいとこ伯父《おじ》とかだろ。柔和《にゅうわ》な農耕神の耕助叔父《おじ》と、あの厳《いか》つい破壊神ではとても兄弟とは思えないが。見た目の年も離《はな》れているし。

あ、時江おばあちゃんが手招きしてる。

「ちょっと話してくる」

「ご武運を」

「いやいや。話すだけだから」

八重のどこか外れたエールに苦笑しつつも、僕は神々の囲むテーブルへと向かった。

「ま、お座りなさいな」

時江おばあちゃんに促《うなが》されて、僕はその横に座ることにした。正面にはぐい呑みで一気に酒を呷《あお》る破壊神がいる。

「オメェも呑むか？」

「あ、いえ。酒は嗜《たしな》まないので」

「そうか」

そう言うと破壊神は酒徳利からコポコポとぐい呑みに自ら注ぎ、再びぐいっとそれを飲み干した。

「話ってのは他でもねえ。お前、俺様《おれ》の跡《あと》を継《つ》がねぇか？」

「は？」

跡を継ぐってなにを？

「破壊神にならねぇかって聞いてんだよ」

「はあ⁉　いやいやいや！　なんで僕が⁉」

破壊神になれって、どうしてそうなった⁉　神様カンパニー、配置換《が》えですか⁉

「なにも今すぐにってわけじゃねえ。俺様が現役《げんえき》を退いたら、その次にどうだ、ってこった。お前さん、意外と素質があると思うぞ。冷徹《れいてつ》に世界を破壊できるタイプと見た」

いや、勝手にそんな判断されても。僕《ぼく》が破壊神とか冗談《じょうだん》じゃないから。冷徹に世界を破壊できるってなによ。悪魔か。

「破壊神になればいろんな融通《ゆうずう》がきくぞ。いざという時以外は自由にしていていいし、他の神々から何かを強制されることもない。ある程度の裁可は認められているから、気に入らない世界を好きに潰《つぶ》せるし」

「おっそろしいことを平気で言うね⁉」

あかん。この人、悪い意味で神様だわ。やりたい放題かよ。

「誤解しないでほしいんだけど、破壊神という存在は、なんだかんだで必要なのよ。私たち神の管理を離れた世界は、魔界《まかい》ともいうようなとても酷《ひど》い世界となってしまう。やはりそれを終わらせる存在が必要なの。新たな世界を造るためにもね」

時江おばあちゃんがそんなフォローをする。あれか？　創造は破壊のあとに生まれる、ってやつか？

「まあ、少しは考えといてくれや。この世界が終わってからでいいからよ」

「縁起《えんぎ》でもないこと言うなや」

そう簡単に終わらせてたまるか。みんなで苦労してやっと回避《かいひ》したってのに。

破壊神は酒徳利から注いだ最後の酒を飲み干すと、やおら立ち上がった。

「どれ。用事は済んだから下界の酒場へ行くか。酒神、案内しろよ」

「お〜！　あ、冬夜お兄ちゃん、お金ちょうだい」

「え⁉　僕が払《はら》うの⁉」

っていうか、帰れよ！　破壊神が地上をウロついてるなんておっかないわ！

とはいえ。明日には帰ると言うし、お金を渡さないと非合法的に手に入れる行動に出そうなので大人しく渡しておく。あれ、これって恐喝《きょうかつ》されてんのかね？

酔花に多めにお金を渡し、何かあったらきちんと電話するように念を押《お》しておく。僕がどうこうできる状況《じようきよう》ならいいけど。

破壊神だって一応ルールは守って、地上では神の力を行使しないと思うが……。酔《よ》っていて忘れてましたとかは無しだぞ。『酔っていたから』というのはなんの免罪符《めんざいふ》にもならないからな。

酔って散々悪態をついたり暴力を振るった挙句、『酔ってたから覚えてない』は言い訳にならない。初めて酒を飲んだのならまだしも、酔うとそこまでになるのがわかっているのなら、飲まなければよろしい。

結局そういう人は『酒のせいだ』と責任転嫁《てんか》したいだけなのだろうと思う。それでは一生懸命酒を造った人たちもかわいそうだ。

ま、そこらへんは酒神たる酔花には釈迦《しやか》に説法だろうけど。

破壊神と二人、スキップ気味に部屋を出て行く酔花。やっぱり城下町の酒場に繰《く》り出《だ》すのかな。一応あとでエンデに連絡《れんらく》しておくか。鉢合《はちあ》わせするのもアレだしな……。武流叔父《おじ》に無理矢理《むりやり》連れて行かれたりして。まさかね。

ところが皮肉にもその予想は当たることとなる。

武流叔父だけではなく、花恋姉さんや諸刃姉さん、耕助叔父に、狩奈姉さんに奏助兄さんと、神々の中に放《ほう》り込まれ、ガクブルの酒宴《しゅえん》だったらしい。まったく酔えなかったと言っていた。まあそりゃなあ……。

「何度も呼んだのに。冬夜、スマホの電源切ってたろ！」

「生《い》け贄《にえ》は一人でいい……」

「ひどっ⁉」

こっちはいろいろとやることが山積みなんだよ。神々の気まぐれに付き合っている暇《ひま》はないのだ。

◇　◇　◇

「ううーん……」

スマホでサイトを調べていた僕は、一人自室で唸り声を上げてしまった。

みんなと結婚式《けっこんしき》を挙げるにあたって、いろいろと調べていたのだが、地球だと細々《こまごま》とやることが多いんだなあ。

まあ、別に地球のやり方に合わせる必要はないんだけど。

ちなみに『結婚式までにやることリスト』なるものまであって、

□プロポーズする。（当たり前だ）
□お互いの両親に報告し、了承《りょうしょう》を得る。
□結婚式の会場、日取りなどを決める。
□婚約《こんやく》指輪を選ぶ。
□新居の決定をする。
□新婚《しんこん》旅行の行き先を決める。
□披露宴《ひろうえん》のプログラムなどを決定する。
□招待客をリストアップする。
□勤務先へ報告する。
□ウェディングドレスなどを決める。

□引出物、引菓子《がし》などを検討する。
□招待状を作成する。
□写真、録画撮影《さつえい》などの手配をする。
□披露宴のメニューを決める。
□二次会の幹事や会場を決める。
□ブーケの注文をする。
□席次順を決める。
□スピーチや受付を頼む人を決める。
□結婚《けっこん》指輪を用意する。
□ヘアメイクリハーサルをする。
□写真の前撮《まえど》りをする。
□両親へ送る花嫁《はなよめ》の手紙を用意する。

etc.etc.《などなど》……。

一生に一度のことだからわからないでもないんだが、大変だなこりゃ……。
まあ僕らの場合、会場はこの城だし、新居もこの城だ。ついでに勤務先も。

それに全部僕がやるわけじゃなく、宰相《さいしょう》の高坂さんや執事《しつじ》のライムさんが動いてくれているので、いくらかはマシである。

それでも僕がやらなければならないことはいくらかあって……。

「まずは結婚指輪か。婚約指輪は渡しているけど、あれよりもシンプルで、生活の邪魔《じゃま》にならないデザインがいいよな……。オリハルコンだと金色だから派手だし、やはりミスリルの銀色のほうが上品かな……」

王侯《おうこう》貴族だとやはりミスリルが定番みたいだし。国王がオリハルコン、王妃《おうひ》はミスリル、みたいな例もあるらしいが。

うむむ……これは後で考えよう。

「あとは新婚旅行だが……」

実はこれについては考えがある。結婚したみんなを僕の父さん母さんに会わせてあげたいのだ。

もちろん、僕は地球で死んだことになっているので、あくまで『夢の中で』という体裁《ていさい》を取るつもりだが。

みんなに僕が生まれた世界を見せたいという気持ちもある。

神力を使った【異空間転移】なら地球へ行くことも可能だしな。

実は神族の末端《まったん》に属することになって、これが一番嬉《うれ》しいかもしれない。本来ならば二度と地球には戻《もど》れない身の上だったのだから。

「ま、何はともあれまずは結婚式、か」

ただの結婚式ではない。各国の国王が集まる場でもあるのだ。もちろんいつものように安全には配慮《はいりょ》してあるが、それとは別に、そういった面々の前で下手な姿は見せられない、というわけだ。

大袈裟《おおげさ》に言えば、ブリュンヒルドの名誉《めいよ》がかかっているわけで。僕一人が笑われるなら構わないが、ユミナたちや頑張《がんば》ってくれたみんなが笑われるのは堪《た》え難《がた》い。

故《ゆえ》に手を抜くわけにはいかぬ。招待客のリストアップは高坂さんがやってくれているけど、僕の場合は自分の招待客をなんとかせにゃならん。

「剛力神《ごうりき》は……近所の力自慢《ちからじまん》のおじさんでいいか。眼鏡《めがね》神は……近所の眼鏡好きなおじさんでいいか……」

スマホに思いついたことをメモっていく。いや、どうやってもこんなもんだって。神々のプロフィールなんか恐れ多くて決められませんよ。……手を抜いているわけじゃないよ？

「わっ」

突然《とつぜん》持っていたスマホが着信を知らせる。ラピスさんか。

「はい、もしもし？」

『陛下。ザナック殿《どの》がお越《こ》しになってます。ドレスができたとのことで』

「あ、わかりました。今行きます」

そう答えて通話を切る。ドレスといっても僕のじゃないぞ。婚約者《みんな》のドレスだ。

さっそくみんなにメールを送る。一人一人に電話するより、一斉《いっせい》送信の方が早い。

机の上を片付けてから自室を出る。衣装部屋の隣《となり》にある着付け室に入ると、すでにみんながザナックさんに渡されたウェディングドレスをメイドのみんなと確認《かくにん》していた。早っ。

しかし、九つも真っ白なドレスが並ぶと壮観《そうかん》だな。

「ちょっと触《さわ》ってもいい？」

「手、洗った？」

「洗ってるって」

エルゼのドレスの裾《すそ》を軽く触らせてもらう。滑《なめ》らかな手触《てざわ》りと軽さ、メッシュのような網目状《あみめじょう》の素材《そざい》である。隣のリンゼの生地《きじ》とはまた違うみたいだ。

「これってそれぞれ生地が違うんですか？」

「もちろんです。それぞれ特徴《とくちょう》があり、デザインにふさわしい素材を厳選して、緻密《ちみつ》な作業で作りあげております。我が『ファッションキングザナック』渾身《こんしん》の作品ですよ」

ドヤ顔で胸を張るザナックさん。ザナックさんの店も初めて会ったときから比べるとかなり大きな店舗《てんぽ》となった。リーフリースやレグルスまで支店を出しているしな。

僕はともかく、ユミナたちはけっこうザナックさんのところの服を着る。つまりは地球デザインの服ってことだが。世界会議とかでそれを目にした王様たちからザナックさんの店へ直接注文が入り、王家や貴族などとのパイプができていったわけだ。

「ではサイズなどの最終調整を。殿方《とのがた》は出ていって下さいませ」

「あらら」

メイド長のラピスさんのお言葉により、僕もザナックさんも部屋を追い出される。ま、仕方ないか。

廊下《ろうか》の椅子《いす》に座りながらザナックさんと近況《きんきょう》を話していると、なんとザナックさんはファスナーまでも服に取り入れ始めていることが判明した。驚《おどろ》いたな。

「そんな技術をどこで？」

「ははは、何をおっしゃる。初めて公王陛下と会ったとき、譲《ゆず》っていただいた服に最初からあったではありませんか」

あ。ああ！　そうか！　ブレザーのズボンにあったアレか！

ぬぬぬ……、股間《こかん》のアレから作られたと聞くとなんか微妙《びみょう》な感じがするが……。

金属技術的なところはドワーフの手を借りて、完成させたそうだ。すごいな。

しばらくファスナーについて話し合っていると、扉《とびら》が開き、みんながぞろぞろと退室してきた。

「あれっ？　着たところって見せてくれないの？」

「こういうのは本番までお預けです。その方が新鮮《しんせん》さを感じられるでしょう？」

いたずらっぽくユミナが微笑《ほほえ》む。むう。それほど言うなら結婚式当日まで楽しみにしておくか。

「陛下～。陛下の服も合わせますので、こちらへどうぞ～」

扉から顔を出してきたメイドのセシルさんに呼ばれてしまった。ああ、僕の服もか……。なるべく地味目にって頼んだんだけど、今回はどんななのやら。前回のはなかなか派手な服だったからな……。とりあえずラメはやめよう、ラメは。

ま、仕方ない。結婚式の主役は彼女たちだ。男は添《そ》え物《もの》に過ぎないのさ……などと、うそぶきながら、ため息をひとつついて僕は着付け室へと入っていった。

幕間劇　式の準備は着々と。

「そこで一気にひっくり返して下さい」

「よっ……！　あっ⁉」

ベチャッ、とエンデのやつがフライ返しでひっくり返したパンケーキはフライパンからはみ出し、見るも無残な姿となった。また失敗か。これで何個めだ？

教えているルーもどうしたものかと眉《まゆ》をひそめる。意外と不器用なんだな、こいつ。

「冬夜《とうや》、悪いけど――――」

「もう食わんぞ。そんなにパンケーキばかり食えるか！」

人を残飯処理器みたいに扱《あつか》うなっつーの！　失敗作ばかり量産しおってからに。まともなものを食わせろ！

器用なやつかと思ったら、こと料理に関してはエンデは思いのほか鈍《にぶ》かった。

なぜエンデのやつがルーに料理を習っているかというと、メル、ネイ、リセのフレイズ三人娘《むすめ》が、手料理を要求し始めたからだ。

こういうのって普通《ふつう》、彼氏《かれし》より彼女の方が頑張るものじゃないのか？　とも思ったが、異世界でも男女平等の現代、それは古い考えなのかもしれない。

まあ、ルーが引き受けてくれたので、やらせることにしたのだけれど。

初めは目玉焼きだった。まず卵を割るところから不器用で、殻《から》まで入れてしまう始末だったが、戦闘《せんとう》の時のようにうまく加減をしたらどうだとアドバイスをしたらすんなり割ることができた。嫌味《いやみ》な奴《やつ》め。

あとは焼くだけなので、目玉焼きは割とあっさりクリアできた。

これならすんなり覚えてしまうんじゃないか？　と思ったら、次のパンケーキでもう躓《つまず》いた。卵は割れるのだが、かき混ぜれば周りに飛び散らす。熱加減を間違えて焦げ付かす。ひっくり返すのができず落っことす、と、なかなかのポンコツぶりだ。僕でももうちょっと上手《うま》くできるぞ。

そしてその失敗作をもったいないからと処理しているのが僕である。正直言って美味《うま》くはない。生焼けだったり、焦げ付いていたり。微妙に食えないわけではないので、メープルシロップをかけて誤魔化《ごまか》しながら完食したが、さすがにもう食えんよ。

ちなみに先ほどまでいた琥珀《こはく》はいつの間にか居なくなっていた。おのれ、逃げたな。

というかスマホの【ストレージ】が使えるんだから、エンデが持ち帰って処理しろよ！

僕を巻き込むな！

さすがにこれ以上付き合ってはいられないので、ヤツの隙《すき》を見て、【テレポート】で厨《ちゅう》房《ぼう》から逃げ出した。

うっぷ。少し腹ごなししないと……。

気持ち悪さを押さえながら廊下を歩いていると、見慣れない格好をしたスゥに出会った。

「おお、冬夜。どうじゃ？　似合うか？」

踊《おど》るようにくるりと回るスゥ。カラフルな民族衣装に身を包み、首元や手首にはジャラジャラとしたアクセサリーが付いている。あれ、それってノキア王国の民族衣装か。

「うん、よく似合ってる。かわいいよ」

「そうじゃろ、そうじゃろ。ノキアの王都に行った時いくつか買っておいたのじゃ。たまにはこういった服も新鮮じゃろう？」

確かに。いつものスゥとは変わった印象を受ける。服一つでここまで変わるのだから女の子って不思議だよなぁ。

「そういや、みんなはどこに？」

「中庭じゃ。シェスカたちの作った式場の見学をしておるぞ」

僕らの結婚式は教会ではなく、城の中庭でやることになっている。

ブリュンヒルドの城……というか、もともとモデルにしたベルファストの城は中庭が大きく作られていて、ここなら何人も自由に出入りができる。

町の教会では招待客が入りきれないし、そもそもあそこはラミッシュ教国の大使館も兼《か》ねているし。王侯貴族を呼ぶため、警備にも不安がある。しかし、城の中庭なら結界を張れば問題ない。

つまりはガーデンウェディングなのだ。ガーデニングとくれば、バビロンの『庭園』の管理人、シェスカが黙《だま》ってないわけで。庭師のフリオさんをアシスタントに全《すべ》て自分がプロデュースすると息巻いていた。

僕としては少々……いやかなり不安があったが、ガーデニング関連では腕《うで》が確かなのも事実なので、とりあえず任せることにした。紅玉の監視《かんし》付きだが。

「なかなかすごいことになっておるぞ。冬夜も見に行くのじゃ」

「はいはい」

民族衣装のスゥに手を引かれ、僕らは城の中庭へと向かった。

中庭に通じる扉を開けると、今まで見たことのない光景が広がっていた。

いつのまにか大きな白い階段が作られて、立派な祭壇《さいだん》が出来上がっている。大きなガーデンアーチと白い柵《さく》が作られ、教会のように椅子が並べられていた。中庭のいたるところに花々が咲《さ》き乱《みだ》れ、そのカラフルな彩《いろど》りが百花繚乱《ひゃっかりょうらん》とばかりに美しさを醸《かも》し出していた。元の中庭の面影《おもかげ》が全くない。

祭壇の前には十字に赤絨毯《あかじゅうたん》が敷《し》かれている。その祭壇の前にシェスカとユミナ、リンゼとエルゼがいた。

「あ、冬夜さんも来たんですね」

「スゥに誘《さそ》われてね。いや、しかしこれはすごいな……」

僕は目の前に立つ大きな祭壇を眺《なが》めた。厳《おごそ》かで、それでいて華《はな》やかな祭壇だ。僕らはここで神ではなく、精霊《せいれい》に結婚の誓《ちか》いを立てることになる。

祭壇のあるステージは僕ら全員、十人が乗っても大丈夫なように広く頑丈《がんじょう》に作られているようだ。

祭壇はいたるところに蔓草《つるくさ》や蔓薔薇《つるばら》などで彩られ、神秘的な雰囲気《ふんいき》に包まれていた。

「これで完成なのか？」

「いエいえ、マだまだ。これかラさらに花を増やさなければいけませンし、演出用の花びらの用意や、剪定《せんてい》もありまスから。やるコトは山ほどありまス」

そう言いながらシェスカが首を横に降る。まだやるってか。気合いを入れてくれるのはありがたいが、やりすぎるのもどうかと思うんだが。

あまり派手になってもさあ。いや、一生に一度のこと、結婚式くらい派手にいった方がいいのか……？

「ああ、マスターに一つお願いガ」

「え、なに？」

お前のお願いとか怖《こわ》いんですけど。警戒《けいかい》する僕に、シェスカは意外な要望を口にした。

「花の精霊に協力を頼《たの》めませンか？」

「花の精霊？」

万物《ばんぶつ》に精霊は宿る。もちろん花の精霊も存在する。大地の精霊の眷属《けんぞく》だ。

確かに花の精霊に手伝ってもらえればかなり助かると思うけど。

まあ、頼むこと自体は問題ないけどさ。

「季節がら咲いてナイ花や、成長の足らナイものもありまス。花の精霊の力を借りレば助かるのでスが」

「なるほど。そういうことか」

シェスカの言わんとしていることがわかった。それならばここはひとつ力を借りることにしよう。

「【精霊王の名のもとに。来たれ、花の精霊よ】」

僕がそう言葉を投げかけると、地面から花びらが舞《ま》い上がり、一面に花吹雪《はなふぶき》の竜巻《たつまき》が起こる。やがてそれがおさまると、そこには小柄《こがら》な少女がたたずんでいた。

薄紅《うすべに》色の髪はふんわりとゆるく巻かれ、花のようなフリルがついたドレスを着ていた。綺《き》麗《れい》というより可愛《かわい》らしいという印象の少女である。

その花のようなドレスの端《はし》を両手で摘《つま》み、カーテシーをしながら頭を小さく下げる花の精霊。

『古の契約《けいやく》により参上仕《つかまつ》りました。精霊を束ねる王よ、御用《ごよう》は？』

「式場の準備をちょっと手伝ってほしいんだけど、頼めるかな？」

『それはそれは。王のご結婚の場を手伝わせていただけるなんて光栄ですわ』

微笑む花の精霊にシェスカを手伝うよう頼む。なにやらシェスカが設計図のようなものを取り出して、二人で話し合いを始めてしまった。専門的な会話が飛《と》び交《か》っているため、口を挟《はさ》むことができない。ま、ここはプロたちに任せるか。

「そういえば八重《やえ》たちは？　こっちじゃないのか？」

「八重さんたちは大訓練場の方です。式で使うフレームギアの練習を見に行っています」

「ああ、あの……」

リンゼの言葉に僕はなんともいえない声を漏《も》らした。

貴族や騎士《きし》の結婚式などでは騎士が整列し、剣《けん》や盾《たて》を掲《かか》げ、敬礼の意を表すセレモニーがある。地球で言うところの『捧《ささ》げ銃《つつ》』のようなものだ。

騎士王国レスティアなどでは一般的《いっぱんてき》に行われている儀式《ぎしき》で、これをレスティア出身のヒルダが取り入れたいと言い出したのはなにもおかしくはない。

おかしくはないのだが、いつの間にかフレームギアでやろうということになっていて、話がおかしくなった。

僕の結婚式はただ単に結婚をする儀式というだけではなく、ブリュンヒルドをあげてのお祭りという面もある。他国からもそのお祭りを見物しようと人が集まる。結婚式の後は町をパレードすることになっているしな。

そのお祭りで、ブリュンヒルドならではの催《もよお》しを、となると、フレームギアが出て来るのは自明の理というかなんというか。

大訓練場に行ってみると、規則正しく左右に並んだ重騎士《シュバリエ》が、団長であるレインさんの号令により、手にした斧槍《ハルバード》を垂直に立て、その後お互いに斜《なな》め上《うえ》に突《つ》き出して、ガシャンと交差させていた。

『三号機、四号機、タイミングを合わせろ！　もう一回！』

手に持ったスマホを通して、【スピーカー】の魔法《まほう》で増幅《ぞうふく》されたレインさんの声が飛ぶ。

なかなかに厳しい。僕らの結婚式のためにしてくれていると思うと、なんか申し訳ない気持ちになるな。あとで酒でも届けておこう。

レインさんの背後に八重とヒルダがいたので声をかける。

「あ、冬夜殿。来てござったか」

「いやなんというか、派手だね……。本当にやるの、これ?」

「もちろんですわ。レスティアでは新たな門出《かどで》を迎《むか》える者に、勇気と祝福を与《あた》えるとされています。どんな困難にも立ち向かい、打ち勝てるようにと」

儀式の謂《いわ》れはまあ置いとくにしても、目を引くのは間違《まちが》いないだろうな。

結婚式当日は町の入り口にもフレームギアを配備する。悪さをしようとする奴に睨《にら》みをきかせる意味もあるが、やはり一番の理由は箔《はく》付けである。『他に類を見ないすごい結婚式』という演出だ。

言っておくが僕の意向じゃないぞ。国としてみんなの意見を取り入れたらこうなったんだ。

国王の結婚式ともなると、いろいろと体裁やらなんやらと大変なんだ。本来なら内輪だけでもっとこじんまりとやってもよかったんだけどさ。

「式までには完璧《かんぺき》に仕上げてみせます。どうかご安心を」

「いや、まあ、ほどほどにで。うん、ほどほどにね……」

気合いの入ったレインさんの言葉に、僕はそう返すのが精一杯《せいいっぱい》だった。

まあ、ここはレインさんに任せよう。

「ううむ、いろいろと決まってきて、結婚するという実感がやっと湧《わ》いてきたでござるよ」

「ええ、今ごろ……？」

「なんというか、冬夜殿を始め、みんないつも一緒《いっしょ》でござったからな。もはや家族のような気持ちであるし」

「そうですね。私《わたくし》も同じ気持ちです。すでに私たちは苦楽を共にする同胞《どうほう》でありました。そしてとうとう本当の家族になるのですね」

家族か。それも大家族だ。僕だって九人ものお嫁《よめ》さんをもらうことになるなんて思ってもみなかった。

これからもずっとみんなと家族として暮らしていくんだな……。

「ん？　そういやリーンと桜《さくら》は？」

「あそこでござる」

八重が視線を向けた先、大訓練場の端にあるテーブルと椅子が置かれた休憩所《きゅうけいじょ》で、リーンと桜の二人が難しい顔をして座っていた。なんだなんだ。どうした？

「なんであんな顔してるの？」

「ほら、結婚式でバージンロードを一緒に歩く相手を決めないといけないじゃないですか。私たちは父上で決まりなのですけれど……」

あー、アレか……。

僕たちの式を決めるにあたり、僕は地球での結婚式の動画をみんなにいくつか見せた。取り入れたいものがあれば取り入れようかと思って。

ウェディングケーキとか、入場曲とかいくつかは採用したのだけれど、そのうちの一つにバージンロードを歩くというものがあった。

父親が新婦と共に入場し、その新婦を新郎《しんろう》に託《たく》すというアレである。

過去から未来へと、新たな夫婦《ふうふ》が共に進むその姿を見て、みんなは大いに気に入ったらしい。なんでもこっちにも似たような形式があるそうなので。

が、これに若干《じゃっかん》難色を示す者もいた。

一人はリーン。エルゼとリンゼの父親はすでに他界しているのだが、父親代わりとなる叔父のジョセフさんがいる。しかしリーンは天涯孤独《てんがいこどく》だ。親兄弟、親戚縁者《しんせきえんじゃ》に至るまでこの世にいない。

正確に言うと、妖精《ようせい》族が死を迎えるために渡る、『アヴァロン』と呼ばれる妖精界へと旅立ってしまったのだが。

なので彼女《かのじょ》には一緒に歩く者がいない。

一方、桜の方はきちんと父親はいる。いるのだが、共に歩く相手として、難色を示しているのだ。

うん、魔王《まおう》陛下のことだから号泣《ごうきゅう》しながらバージンロードを歩いてきそうだ。気持ちはわかるが非常にウザそう。桜が渋《しぶ》るのもわかる気がする。

僕は浮《う》かない顔の二人の元へと歩いていった。

「決まった?」

「ええ。私はミスミドの獣王陛下《じゅうおうへいか》に頼んでみるわ。一応盟友であり、一時期は盟主であったわけだし。さすがにポーラと歩くわけにもね」

リーンの言葉を聞いて、足下《あしもと》にいたポーラがショックを受けたように膝《ひざ》をつく。いや、歩く気だったんかい。

「桜は?」

「お母さんと歩く……」

「いや、ダメとは言わないけどさ。きちんと父親がいるんだし、これぱかりは歩いてあげられないかな?」

「むう……。王様もお母さんと同じこと言う……」

すでに桜は母親であるフィアナさんに電話して頼み込んだらしいが、やんわりと注意されたという。

そりゃなあ……。さすがにフィアナさんも不憫《ふびん》に思ったのだろう。

表現方法にいささか問題はあるが、桜を大切に思っているのは確かなのだから、多少は譲歩《じょうほ》してもいいんじゃないかね。

そんなことを思っていると、当の本人から電話がかかってきた。噂《うわさ》をすれば影《かげ》ってやつか。

「はい、もしもし？」

『おお、ブリュンヒルド公王か！　ファルネはいるか!?　話がしたい！』

いきなり切羽詰《せっぱつ》まったような声で叫《さけ》ぶ魔王陛下。うるさっ……！　耳がキーンってなるわ！

「なんで僕の電話に？　直接桜に電話すれば……」

『着拒《ちゃっきょ》になっとる！』

ええー……。桜へと視線を向けると、ついっ、と外された。桜は耳がいい。この会話が聞こえたのだろう。

なんの話かと問えば、やはりバージンロードの件だった。どうやらフィアナさんが魔王陛下に教えたらしい。

面倒《めんどう》だからスマホを画像通話にし、桜に向けてテーブルに置いた。こういうのはちゃんと話し合った方がいい。画面の中には必死な顔をした魔王陛下が写っていた。……少し離《はな》れようよ。画面が顔いっぱいだよ。

『フィアナも余が歩いた方がいいと言っている。だからな……』

「お母さんと歩く」

『こっ、この儀式は父親が歩くのが普通と聞いたが!? なあ、ブリュンヒルド公王、そうなんだろう!?』

「え？ ええ、まぁ……。父親がいない場合や、都合が悪い場合は兄とか母親になる場合もありますけど……」

「都合が悪い」

『全然悪くないぞ!?』

魔王陛下が必死に頼み込むが、桜は渋る。どうしたもんかと思っていると、リーンから桜に声がかけられた。

「歩く親がいるんだから歩いてもらいなさいな。この儀式は父親の下を離れて、ダーリン

のところへ行くというあなたの意思表示を現しているのよ？　それを拒《こば》むということは、ダーリンとの結婚に不満があると捉《とら》えられかねないわ」

「むぅ……」

『ファルネ！　どうかその大役を余に与えてくれ！　いかな困難があろうとも見事務め上げてみせる！　この通りだ！』

画面の中で魔王陛下が土下座している。いや、ただ桜の横を歩くだけなんだけれども……。なんで土下座？　画面の中の魔王陛下の護衛の人、ドン引きしてるじゃんか。

桜は小さくため息をついて、顔を赤くしながらプイ、と横を向く。

「……王様に任せる。好きにしたらいい」

『おお！　ファルネ！　では⁉』

期待に満ちた目をこちらへ向けてくる魔王陛下。僕《ぼく》は少し考えるフリをし、

「やっぱりフィアナさんに頼むか……」

『公王、空気読めぇぇぇアァァ⁉』

「じょ、冗談《じょうだん》ですって」

射殺さんばかりに画面の中から魔王陛下に睨まれた。うん、今のは僕が悪かった。

改めてバージンロードの件を頼むと、一転して笑顔《えがお》になり、画面の中ではしゃぎ回る魔《ま》

王陛下《おう》。その姿がウザかったのか、桜がすぐさま通話をぶった切った。

「むぅ……。お母さんでいいのに……」

「まあまあ。リーンのいう通り、この儀式は父親の保護下を離れ、これからは結婚相手と共に未来へと歩いていく、という意味を含《ふく》めたものだからさ」

それにここで断って、後で延々とゴネられても困るしな。ちょっと一緒に歩くだけなんだから、それぐらいは許容してやってくれ。

リーンの方もミスミドの獣王陛下から快諾《かいだく》の返事をいただいた。やたらとノリノリだったのが若干気にかかるが。

とりあえずこれでバージンロードの件は解決っと。

「あとは指輪かな……」

結婚指輪《マリッジリング》だ。婚約指輪《エンゲージリング》と違《ちが》って、結婚指輪は結婚した後、はめたまま生活することが前提だ。なのであまりゴテゴテしたものではなく、シンプルな物が好まれるらしい。

どうしようかな……。やっぱりミスリルかオリハルコンあたりでシンプルな指輪を九つ……いや自分のもだから十個作って……、と考えていたところ、懐《ふところ》のスマホが着信を伝える。あれ？　世界神様？

「はい、もしもし？」

『おお、冬夜君かい。ちょいと話があるんじゃが、こっちにこれるかの？』

「え、今ですか？」

なんだろう？　なにかしでかしてしまっただろうか。いや、邪神《じゃしん》も倒《たお》したし、今のところ問題はないはずだが。

アレかな、この世界の管理者になるにあたっての心構えとかかな？　なんにしろ行かねばなるまい。

リーンたちにちょっと外出（？）してくると伝え、神界までの【ゲート】を開いた。

「おお、来たかね。ま、座《すわ》りなさい」

「あ、はい」

座布団《ざぶとん》に座ると世界神様がお茶を淹《い》れてくれる。相変わらず必ず立つ茶柱。神がかっているな。当然だけど。

「ちょいと考えたんじゃがの。君たちの結婚指輪な、ワシに任せてくれんか」

「え⁉　結婚指輪をですか⁉」

世界神様がくれるの？　それってもらってもいいものなんだろうか？

「君はワシの眷属じゃ。結婚するにあたって、ワシからも贈《おく》り物をしたいと思ってな。常に身につけることになる指輪ならば、ちょうどいいと考えたのじゃ。ワシだけじゃなく、他の神々も祝福したいと言っておるしの」

「あの、それってとんでもないものなんじゃ……」

神々の祝福を受けた指輪とか、それってもう神器だろ……。神器って地上にあったら邪神の器になってしまうからマズいのでは？

「問題ないじゃろ。身につけているのが、神族である君と、その眷属たるお嬢《じょう》さんたちじゃ。邪神になる要素が一欠片《ひとかけら》もないわ。負のエネルギーなど受け付けんからな」

まあ確かにそう言われるとそうかもしれないが。僕も世界神様特製の神器であるスマホをいつも持ち歩いているしな。

「さすがに地上に神が出しゃばって行ってプレゼント、というわけにはいかんので、そこらへんは大精霊からもらう、というような形にした方がいいとは思うがの」

「ああ、それなら神父や牧師役として大精霊に頼もうと思っていましたからちょうどいいですね」

あのよく聞く『病《や》める時も健《すこ》やかなる時も』ってやつだ。ブリュンヒルドは特に国教を決めていない。なので基本は普通に精霊信仰《せいれいしんこう》を主にしている。まあその精霊が僕の配下なんで、ややこしいことはややこしいのだけれど。

「で、じゃな。指輪を作るにあたって、冬夜君にしてもらいたいことがひとつあるんじゃ」

世界神様はそう言うと、着物の袖口《そでぐち》から掌《てのひら》に載《の》るくらいの丸い石を取り出してきた。

一見、白くてすべすべした普通の石に見える。平べったく丸く、水切りなんかしたらよく跳《は》ねそうな石だ。

「これは？」

「『神応石《しんおうせき》』という。このままではなんの効力もない石じゃが、この石は神気に触《ふ》れるとその特性を変化させる石でな。神界ではいろんなものに使われているんじゃ」

神々の神気によって、特性を変化させるこの石は、神気を注ぐ神によって、まったく違うものになるという。故に、別々の神からは同じものは生まれない。千の神あれば、千の特性を持った鉱石が生まれるという。

「ワシが神気を注いで作ってもいいんじゃが、この場合、冬夜君が作った方がいいじゃろ？奥《おく》さんたちに贈るものじゃし」

なるほど。自分たちの指輪作りの一環《いっかん》を担《にな》えるのであれば是非《ぜひ》もない。喜んでやらせていただく。

世界神様から神応石を受け取る。意外と重い。

「これって普通に神気を注げばいいんですかね？」

「そうじゃな、神気に想《おも》いを込めれば素材としての純度は高くなるかの。贈る相手、お嬢さんたちのことを想いながら注げばよい」

みんなを想いながら、か。

エルゼ、リンゼ、八重、スゥ、ユミナ、リーン、ルー、桜、ヒルダ。

目を閉じて彼女たちに出会ったときのことを思い出しながら、神応石に神気を注いでいく。出会ってから今までに彼女たちと紡《つむ》いできた思い出や絆《きずな》を頭に浮かべ、神気と共に神応石に注いでいく。

目を開くと、目の前にはプラチナのように光《ひか》り輝《かがや》く金属の塊《かたまり》があった。先ほどの白い石とはまったく違う。

「これは……」

「ほっほっほ。上出来、上出来。これなら上等なものができるじゃろうて」

世界神様が僕から神応石を受け取り、矯《た》めつ眇《すが》めつ眺めて、そう笑った。

「これを世界神様が指輪にするんですか？」

「いや、これは他の神々に祝福をもらってから、鍛《か》治《じ》神に一度精錬《せいれん》してもらうのじゃ。そこから工芸神にデザインをしてもらったり、研磨《けんま》神に磨《みが》いてもらったりと、少しばかり時間はかかるな。まあ、結婚式《けっこんしき》には必ず間に合うようにするから安心したまえ」

なんかとんでもないことになってるような……。いや、ものすごくありがたいことなのだけれども、正直言って気が引けるというか。

「なに、数万年ぶりに神族の結婚《けっこん》などという慶事《けいじ》が起こって、みんな便乗して宴会《えんかい》を開きたいのじゃよ。こんなに神の祝福を受ける結婚式など滅多《めった》にないぞ？」

「は、はは……。そおですか……」

世界神様の言葉に僕は遠い目を雲海《うんかい》に向けた。これまでの付き合いから、神々にはどうも悪ノリする傾向《けいこう》があると僕は見ている。なんというか、自由なんだな。

まあそれが神たる所以《ゆえん》なのかもしれないが……。

ともかく自分らの宴会目的でも祝ってくれるというのだから、ありがたく受け取っておこう。

「おっと、そうじゃ。ついでと言ったらなんじゃが、宴会用に地上の酒を何本かもらえないかのう。酒神に頼んでおいたんじゃが、あやつ、自分で飲んでしまったみたいでな」

「あいつ……」

酒神こと酔花《すいか》のポンコツさが日に日に酷《ひど》くなってないか？　見た目は幼女でも曲がりなりにも女神《めがみ》だろ。

僕はストックしてあった贈答《ぞうとう》用の酒を何本か、卓袱台《ちゃぶだい》の上に【ストレージ】から出した。

ついでにつまみになりそうなものもいくつか置いていく。結婚指輪の代金としてはあまりにも申し訳ないが。

「悪いの。指輪の方は任せておきなさい。上等なものを作ってみせるからの」

「あまり凄《すご》すぎても困るんですけどね……」

僕は苦笑《にがわら》いで返しながら神界を後にした。とんでもないことになっちゃったなあ……。

祝ってくれる気持ちは嬉《うれ》しいんだけれども。

城へ戻《もど》ってくると、厨房ではまだルーがエンデに料理の手解《てほど》きをしていた。

「あっ、冬夜！　どうだい、これ！　ちゃんとできているだろう!?」

「おっ、ホントだ」

厨房に顔を見せた僕にエンデが得意げにパンケーキの載った皿を見せてくる。確かに形はしっかりとパンケーキの形になっていて、なかなかに美味そうに見える。外見は。

「奇跡《きせき》が起きたか……？」

「失礼な。コツを掴《つか》めば簡単さ。掴むまで時間がかかるだけで」

「ずいぶんとかかりましたわ……」

ルーがエンデの後ろで小さくため息をついている。なかなかにしんどかったようだ。

ナイフで切り、一口食べてみる。むう、中身も普通に美味い。パンケーキの作り方を習得したか。

「これでメルたちに自信を持って料理を作ることができるよ」

「パンケーキと目玉焼きだけだろ……」

明日の朝食だけで、レパートリーが終わるぞ。まだまだエンデはルーに教わらなきゃならない料理がありそうだ。

「さて、夕食の用意をしなければなりませんので、これでお開きですわ。続きはまたの機会に」

パンケーキの作り方を習得したエンデは、意気揚々《いきようよう》と帰っていった。あいつ、まさか晩《ばん》御飯《ごはん》にパンケーキを出す気かね……。いや、別にいいんだけどさ。メルたちなら喜んで食べそうだし。

「そう言えば結婚式のパーティーで出す料理は決まったの？」

「ええ、いくつかは。あとはウェディングケーキを完成させねば」

ルーがふんす！　と気合を入れる。【ストレージ】があるから、だいぶ前に作っておいても保存ができるため、何種類か作っているそうだ。

地球でのウェディングケーキをけっこう見せたからな……。ルーはすっかりデコレーションにハマってしまって、いろいろと試行錯誤《しこうさくご》しているようだ。なんかもう芸術家めいた作品を作りつつある。

着々と結婚式の準備が進んでいる。あと数週間もすれば結婚式だ。

僕が結婚ねえ……。自分のことながら実感がわかないけど。

プロポーズする時に覚悟《かくご》は決めたからな。なんか今更《いまさら》ながらな感もある。九人もお嫁さんをもらうとは思ってもいなかったが。

そして結婚式のあとは新婚《しんこん》旅行だ。【異空間転移】でみんなと地球へ行く。いろんなところへ連れて行きたいな。

ルーなんかは地球《あっち》の料理を食べたらかなり驚《おどろ》くんじゃないだろうか。

「？　なんですか？」

「いや、なんでも」

僕の視線に気がついたルーが首を傾《かし》げる。ま、その時を楽しみにするとしよう。

僕はこれからのことに思いを馳《は》せながら、厨房を後にした。

あとがき。

『異世界はスマートフォンとともに。』第二十巻をお届けしました。お楽しみいただけましたでしょうか。

いやあ、とうとう二十巻です。十巻の時も思いましたが、気がつけばあっという間です。本棚に二十巻分を並べてみると、我ながらよくもこんなに書いたものだと感慨にふけってしまいます。

一巻が発売されたのが約五年前、『小説家になろう』に投稿を始めたのがさらに二年前なので、冬夜君たちを七年書き続けてきました。

慢心することなくこれからも頑張っていきたいと思います。

さて、この巻の前半は今まで話には出てきたダウバーンとザードニアの王様の話を収録しています。

自分としては（性格はともかく、キャラとして）なにげにこの二人の王様、好きなんですよね。凸凹コンビのどつき漫才といった感じで。お互い足を引っ張りあったり、罵り合いだとかが。そんな二人の掛け合いを楽しんでいただけたら幸いです。

転じて冬夜君が主に動いていた前半と違い、後半はヒロインたちのみで動いています。これは一度、冬夜君抜きでヒロインたちが活躍する話を書きたかったからで、自然と敵キャラも『女の敵』という感じになりました。敵にもなりませんでしたが。女の子ばかりで行動するのもいいですよね。また機会があれば書いてみたいです。

そして次巻はとうとう結婚式《ウェディング》&新婚旅行《ハネムーン》です。

今からヒロインたちのウェディングドレス姿を楽しみにしています。

結婚式にも注目ですが、新婚旅行の行き先は地球です。現代世界にやってきた冬夜君とヒロインたちがどう騒動を巻き起こすのか、次巻をお楽しみに。

では今回も謝辞を。

素敵な挿絵を二十巻分描いていただいた兎塚エイジ先生。とうとう二十巻に至りました。ありがとうございます。これからもよろしくお願い致します。

担当K様、ホビージャパン編集部の皆様、本書の出版に関わった皆様方にも謝辞を。

そしていつも『小説家になろう』と本書を読んで下さる全ての読者の方に感謝の念を。

冬原パトラ

世界各国からの来賓者、
さらには神々も見守る中、
遂に冬夜たちの結婚式が始まる！
フォンとともに。21
2020年6月発売予定！

新婚旅行の行き先は地球に決定。
九人の花嫁を連れて
冬夜は懐かしき世界へと帰還することになり……。
異世界はスマート
冬原パトラ
illustration■兎塚エイジ

HJ NOVELS
HJN07-20

異世界はスマートフォンとともに。20

2020年3月21日　初版発行

著者――冬原パトラ

発行者―松下大介

発行所―株式会社ホビージャパン
〒151-0053
東京都渋谷区代々木2-15-8
電話　03(5304)7604（編集）
03(5304)9112（営業）

印刷所――大日本印刷株式会社

装丁―― 木村デザイン・ラボ／株式会社エストール

ISBN978-4-7986-2152-4　C0076

ファンレター、作品のご感想お待ちしております

〒151－0053　東京都渋谷区代々木2－15－8
(株)ホビージャパン HJノベルス編集部 気付
冬原パトラ 先生／兎塚エイジ 先生／小笠原智史 先生